AF187005

MIX
Papier aus verantwortungsvollen Quellen
Paper from responsible sources
FSC® C105338

FSC
www.fsc.org

Domnik Spencer

Rübensaft

Ein Kriminalroman aus der Region am Deister

Impressum

Bibliografische Information der Deutschen Nationalbibliothek:
Die Deutsche Nationalbibliothek verzeichnet diese Publikation in der Deutschen Nationalbibliografie; detaillierte bibliografische Daten sind im Internet über http://dnb.dnb.de abrufbar.

© 2020 Domnik Spencer

Herstellung und Verlag: BoD – Books on Demand, Norderstedt

ISBN: 978-3-7504-6970-9

Kap. 1: Dienstag, 16.10.2018, 08:44 Uhr

Gemütlich schlenderte Herbert Polle durch die Feldmark und schaute zufrieden seinem Hund Hasso zu, wie dieser schnüffelnder Weise die verschiedenen Düfte am Rande des Feldweges aufnahm. Die beiden waren auf ihrer morgendlichen Runde. Heute gingen sie von Holtensen kommend auf dem Feldweg in Richtung Vörie, an der Kläranlage Evestorf vorbei und folgten dem Weg bis zum Bahnübergang. Als sie etwa dreißig Meter vor dem Bahnübergang waren, blinkte die Signalanlage plötzlich rot auf und es ertönte in regelmäßigen Abständen ein Warnsignal. Sie warteten ab, um zwei Personenzüge durchfahren zu lassen. Hasso hörte aufs Wort und setzte sich brav neben sein Herrchen, als dieser stehen blieb. Sie schauten den Zügen gelassen zu, als diese an dem unbeschrankten Bahnübergang in voller Fahrt vorbeirauschten. Der eine Zug fuhr in Richtung Paderborn, der andere zum Hannover Flughafen, soviel wusste Herbert. Nachdem die Züge den Bahnübergang passiert hatten, setzten die beiden ihren Spaziergang in aller Ruhe fort.

Sie überquerten den Bahnübergang jedoch nicht, sondern gingen auf dem Feldweg neben der Bahnstrecke in Richtung Bahnhof weiter. Hasso wechselte dabei häufiger mit hängendem Kopf die Seiten des Weges, um mit seiner Nase zu schnuppern und setzte gelegentlich seine Duftmarke ab. Herbert trottete gemütlich seinem Hund hinterher und beobachtete die zum Teil abgeernteten Felder. Da heute Morgen herrlich klare Luft war und die Sonnenstrahlen seinen kahlgeschorenen Kopf erwärmten, hatte es Herbert nicht eilig nach Hause zu kommen. Jedoch wusste er, dass es laut dem Wetterbericht aus den

Spätnachrichten heute noch Regen und Gewitter geben sollte. Als er so dahinschlenderte, dachte er über sein bisheriges Leben nach. Als letztes Jahr seine Ehefrau im Alter von 66 Jahren verstarb, waren Hasso und er auf sich allein gestellt.

„Ach ja, schade", dachte er bei sich, „Wer hätte das jemals gedacht, dass du vor mir diese Erde verlässt, meine liebe Emma." Kaum hatte er den Satz zu Ende gedacht, hatte er das Gefühl, jemand würde ihm sanft über den Kopf streicheln. „Schöner Gedanke, aber es war wohl nur die Sonne", holte er sich zurück in die Gegenwart. Er musste an seine Kinder denken; diese waren schon lange von hier verzogen.

Sein Sohn Peter ist seit mehreren Jahren mit seiner Frau Nele in Bad Nenndorf ansässig. Er arbeitet in einem großen Möbelgeschäft als Akquisiteur. Seine Frau fand in einer der vielen Reha-Kliniken eine Anstellung als Therapeutin und seine beiden Enkel sind mehr oder weniger fleißig am Studieren.

Herberts Tochter Sophie trat in die Fußstapfen seiner Ehefrau und wurde Rektorin an einer weiterführenden Schule in Mecklenburg-Vorpommern. Leider hat sie es bis jetzt nicht geschafft, eine eigene Familie zu gründen und wird es wohl auch mit ihren 43 Jahren nicht mehr tun, Kinder in die Welt zu setzen. Na gut, ein Mann gehört ja auch noch dazu, aber Sophie schien in dieser Beziehung ein Problem zu haben. Es ist halt schwer, sich als Rektorin von einem Mann um die Finger wickeln zu lassen. Insofern werden wohl keine Enkel von ihr geboren, an denen er sich erfreuen könnte.

Je dichter sie zur Linderter Straße kamen, desto lauter wurde der Lärm vom Verladen der Zuckerrüben. Ein Rübenroder, auch Bunkerroder genannt, hatte das Feld vor zwei Tagen nachts gerodet. Die Runkeln, wie diese auch genannt werden, lagen in einer Linie auf dem Feld. Heute standen bereits mehrere LKWs und Traktoren mit großen Anhängern hintereinander, um die kostbare Fracht in einem Arbeitsgang durch eine „Rüben-Verlade-Maus" vorgereinigt und aufgeladen zu bekommen. Herbert hatte die Szene schon wahrgenommen, kurz nachdem er mit Hasso an der Kläranlage vorbeigegangen war. Der Schall vom Verladen der Zuckerrüben in einem Kilometer Entfernung drang quer über den Acker an seine Ohren. Sofort dachte er an sein Frühstück mit dem leckeren Sirup auf einem warmen Toastbrot.

Eine knappe halbe Stunde beobachteten sie den Verladevorgang. Anschließend verließen die Gerätschaften den Ort, um nahe bei Linderte die nächste Verladung vorzunehmen. Herbert konnte die wartenden Traktoren mit ihren Anhängern in einiger Entfernung stehen sehen. Er nahm sich einen kleinen Stock vom Wegesrand und warf diesen aufs Feld, um seinem Hund noch ein paar extra Sporteinlagen zu geben. Dieser rannte kreuz und quer und brachte das Stöckchen artig zu seinem Herrchen zurück.

Herbert wiederholte den Vorgang etliche Male und ging dabei auf dem Acker in Richtung Holtensen zurück. Nun war er ja von Zuckerrüben befreit. Lediglich am Ende der Verladestrecke lagen noch einige wenige herum, die es wohl nicht wert waren, mitgenommen zu werden. Dabei wusste er von seinem Freund und Landwirt Fritz, dass für eine Tonne etwa 30,00 Euro bezahlt werden. Er erinnerte sich an seine eigene Kindheit, als er mit seinem Freund Andreas die Rüben an den Speichen seines Fahrrades sauber rubbelte, um anschließend an der sauberen Stelle beherzt ein Stück abzubeißen. Seine Enkel kennen diese Art vom ursprünglichen Genuss des Zuckers gar nicht mehr, aber dafür können sie perfekt mit ihrem Smartphone durch die Welt chatten. Gedankenversunken in die eigene Kindheit, mit starrem Blick auf den Deister, der heute zum Greifen nahe schien, zuckte er kurz zusammen und schaute wieder auf seinen Hund. Hasso schnüffelte eifrig auf und ab.

„Alles in Ordnung", dachte er zufrieden bei sich, ging weiter und rief seinen treuen Begleiter kurz beim Namen, um ihn dichter zu sich heranzuholen.

Hasso jedoch folgte beim Schnüffeln genau der Spur der „Rübenmaus", bis er plötzlich anhielt, um zu buddeln. Herbert ging langsam weiter, dachte sich nichts dabei. Doch als er sich nach weiteren zwanzig Schritten wieder herumdrehte, war Hasso immer noch dabei, irgendetwas mit seinen Pfoten auszugraben. Jetzt nahm dieser sogar seine Schnauze zu Hilfe und das Loch wurde immer tiefer. Der halbe Kopf verschwand schon hinter einem kleinen Erdhügel.

Herbert pfiff auf zwei Fingern, in der Hoffnung, sein Hund käme dann schneller zu ihm, aber er horchte nicht mal auf. Herbert wurde sauer und ging wieder zurück. Nun bellte der Hund auch noch lautstark.

„Was hast du denn? Komm sofort hierher!", rief er ihm laut entgegen, aber Hasso machte unbeirrt weiter. Nun wurde er noch wütender, griff zur Hundepfeife in seiner rechten Jackentasche. Nach einem Pfiff schaute Hasso nur kurz hoch und machte mit seinen Vorderpfoten das Loch unbeeindruckt größer und tiefer.

„So kenne ich ihn ja gar nicht. Was hat er bloß?"

Herbert beschleunigte seine Schritte, denn er spürte, dass hier irgendetwas nicht normal schien.

Inzwischen hatte der mit Dreckklumpen übersäte Hund einen Gegenstand in seiner Schnauze, stemmte heftig seine Pfoten ins Erdreich und zog daran. Herbert war jetzt dicht bei ihm und schrie: „Aus Hasso, aus!"

Gleichzeitig näherte er sich dem Hund von hinten, fasste ihn am Halsband und zog ihn mit Gewalt zu sich. Erst jetzt ließ er den Gegenstand fallen. Herbert schaute mit großen Augen auf eine zerbissene, blutige Hand, die auf dem Acker lag, genau dort, wo eben noch zwei Meter hoch tonnenweise Zuckerrüben gelegen hatten.

Kap. 2: Dienstag, 16.10.2018, 06:04 Uhr

Langsam öffnete er seine müden Augen und schaute auf den sportlichen, nackten Körper seiner Freundin. Ihre Bettdecke bedeckte ihren Körper vom Bauchnabel an abwärts, der obere Teil lag frei und bescherte ihm einen imposanten Ausblick. Seit gut einem Jahr kannte er diesen herrlichen Anblick von ihr und in Gedanken sprach er zu sich: „Ich liebe dich und möchte dich nie wieder verlieren!".

Als wenn sie es gehört hätte, schlug sie die Augen auf, blinzelte zweimal und drehte den Kopf in seine Richtung und ihre blaugrünen Augen blickten ihn strahlend an.

„Guten Morgen. Ich danke Dir."

Erstaunt zog er die Augenbrauen hoch und fragte: „Wofür denn…?"

Weiter kam er nicht, denn sie rollte sich blitzschnell näher an ihn heran und küsste ihn leidenschaftlich. Berauscht von dem herrlichen Gefühl sowie ihrer spürbaren warmen Haut auf seiner glattrasierten Brust, schlang er nun ebenfalls seine Arme um sie.

„Danke für die schöne Nacht mit Dir", entwich es ihren Lippen und sie erkundigte sich, „Wie wäre es jetzt mit einer Fortsetzung?"

Er schaute ihr in die Augen und antwortete: „Ich liebe Dich und möchte Dich nie wieder verlieren! Das habe ich gedacht, kurz bevor Du die Augen aufgeschlagen hast."

„Heißt das nun, ja?", fragte sie nach.

Ohne ein weiteres Wort von ihm drückte er sich schmun-
zelnd noch dichter an sie heran und rutschte unter ihre
Decke. Knapp zwanzig Minuten dauerte das erotische
Spiel an. Die beiden waren so mit sich beschäftigt, dass
sie den Wecker um 06:15 Uhr ignorierten, als er leise mit
Musik aus dem Radio ans Aufstehen erinnerte.

Erschöpft und entspannt lösten sie sich voneinander und
Jens meinte nun seinerseits: „Danke fürs sanfte Wecken.
Ich könnte noch stundenlang mit Dir hier so herumlüm-
meln, aber leider müssen wir uns beeilen. Ich soll, nein,
ich muss um acht Uhr in der MHH sein."

„Das ist wirklich schade, aber ich muss ja auch gleich
los", antwortete Andrea.

Jens sprang förmlich aus dem Bett und ging in die Küche, wusch sich schnell die Hände und stellte die Kaffeemaschine an. Ohne Frühstück verließen die beiden
selten die Wohnung. Es war ihnen wichtig, wenigstens
eine Kleinigkeit im Magen zu haben, denn sie wussten
nie, wann sie heute wieder etwas zu essen bekommen
werden. In ihren Jobs konnte es immer überraschende
Ereignisse geben, die sie zwangen, ihre Mittagspausen
zu verschieben. Anschließend ging er ins Schlafzimmer
zurück und suchte sich seine Sachen hervor. Andrea
duschte in der Zwischenzeit die Spuren der letzten Nacht
herunter. Während Jens seine Sachen aus dem Kleiderschrank herauszog, kam ihm der Gedanke an seine anderen Beziehungen vor Andrea. Diese waren nie so intensiv, und er hatte nie das Gefühl, er müsse eine von

ihnen heiraten. Aber bei ihr war es anders. Gern erinnerte er sich an das Treffen in der Gehrdener Fußgängerzone mit dem leckeren Eis und dem anschließenden Kuschelwochenende bei ihr. Da hat es richtig zwischen ihnen gefunkt.

„Aber heiraten?", horchte er in sich hinein, „Sie bei der Polizei. Ich als Gerichtsmediziner. Kann das gutgehen?"

Je länger er jedoch darüber nachdachte, umso weniger Argumente fielen ihm ein, es nicht zu wagen.

„An was denkst Du?", kam sie splitternackt und fragend aus dem Badezimmer ins Schlafzimmer zurück. Ihre blonden Haare hatte sie nur kurz trockengerubbelt und schlüpfte nun schnell in ihre bereitgelegte Uniform. Sie hatte es sich angewöhnt ihre Sachen für den nächsten Tag bereitzulegen, denn meistens waren sie beide spät dran oder es gab einen überraschenden Anruf in der Nacht von Edmund. Auch der heutige Morgen machte da keine Ausnahme, sie mussten sich jetzt beeilen. Während des Duschens dachte sie daran, endlich mit Jens zusammenzuziehen. Sie spielte schon eine ganze Weile mit dem Gedanken, denn schließlich ist bei ihm genug Platz für zwei.

Erschrocken zuckte er zusammen, denn er hatte sie nicht ins Schlafzimmer kommen hören und antwortete verlegen: „Ach, nichts Besonderes!". Er schwindelte.

Andrea erkannte sofort, dass das nicht ganz der Wahrheit entsprach, aber nun drängte die Zeit. Sie werde ihn heute

Abend darauf ansprechen und antwortete nur mit einem einfachen: „Okay, mein Süßer, das Bad ist jetzt frei!"

Jens gab ihr beim Vorbeihuschen einen schnellen Kuss und verschwand mit leicht geröteten Wangen ins Badezimmer. Nachdem Andrea angezogen war, bereitete sie den kleinen Küchentisch fürs Frühstück vor. Marmelade, Honig, Sirup und für Jens zusätzlich ein bisschen Käse. Sie selbst hatte heute Appetit auf eine kleine Schale mit Müsli und Quark.

„Möchtest Du heute Morgen auch Müsli essen?", rief sie etwas lauter in Richtung Badezimmer, doch Jens beantwortete ihre Frage mit: „Nein, danke. Bitte nur zwei Toast!"

Zehn Minuten später saßen beide am Frühstückstisch und besprachen ihre Pläne für den heutigen Abend. Die Zeichen standen gut für einen Kinobesuch, allerdings wussten sie noch nicht, welchen Film sie sich anschauen wollten. Wenn es nach Jens ging, würde er gern mit ihr einen Horrorfilm ansehen. Andrea liebäugelte dagegen eher mit etwas mehr Action.

Um kurz vor halb 8 verließen die beiden Verliebten die Wohnung von Jens und fuhren jeder zur Arbeit. Sie ahnten noch nicht, dass dieser Tag ihr Leben total auf den Kopf stellen würde.

Knapp sechs Minuten, nachdem Herbert mit seinem Handy die Polizei angerufen hatte, stand der erste Polizeiwagen am Straßenrand und die beiden Beamten, Kommissar Michael Reiking und Oberkommissar Heinrich Hoelst ließen sich von Herbert den Fundort zeigen. Herbert brauchte nur zum Loch im Acker zu deuten, denn es war nicht zu übersehen, was Hasso dort freigebuddelt hatte. Immer mehr Polizeifahrzeuge und ein Krankenwagen fuhren mit Blaulicht vor.

Ruckzuck wurde ein Absperrband um den Tatort gespannt. Da hier keine Befestigungsmöglichkeit vorhanden war, stachen Michael und Heinrich großräumig dünne Metallstäbe in den Acker, um das rotweiße Band mit der Aufschrift „Polizeibereich" daran zu befestigen.

Herbert und Hasso stellten sich auf den Fahrradweg und beobachteten die Szenerie. Innerhalb kürzester Zeit waren mehr als zehn Beamte damit beschäftigt, den Verkehr zu regeln, Gaffer streng zu maßregeln und animierten diese, zügig weiterzufahren. Irgendwann tauchten die ersten Presseleute an der Absperrung auf und wollten Aufnahmen machen und Informationen von den Beamten erhalten.

Der Krankenwagen fuhr nach ein paar Minuten ohne Blaulicht wieder zum Krankenhaus nach Gehrden zurück, hier gab es halt niemanden mehr zu retten. Zeitgleich erreichte der Wagen der Gerichtsmedizin den Tatort. Juliane Moder und Jens Zündel stiegen aus, öffneten den Kofferraum und zogen beide ihre Gummistiefel an.

Mit den üblichen Koffern für die Analyse der Leiche, passierten sie das Absperrband, nachdem sie sich bei dem Beamten ausgewiesen hatten. Jens schaute sich um, suchte Andrea in der aufgewühlten Menge, konnte sie aber nirgends entdecken. Beim Fundort angekommen, schaute er sich in alle Richtungen um. Er konnte einen Mann mit Hund auf dem Radweg stehen sehen und sprach daraufhin Michael Reiking an.

„Guten Morgen Michael, können wir den Tatort mit Decken oder Stellwänden so zustellen, dass die Zuschauer und die Zeitungsschreiber nicht alles mitbekommen?", er wies mit dem Finger in Richtung Fahrbahn und Radweg.

„Moin Jens, na klar, veranlasse ich sofort bei den anderen Kollegen. Achim Bär und seine Leute von der Spurensicherung sind auch schon auf dem Weg, haben aber heute eine längere Anfahrt als gewöhnlich. Sie müssen einmal durch die ganze Stadt, weil es einen Unfall auf der Hochbrücke über der Hildesheimer Straße gab", erklärte ihm Michael, obwohl er sich denken konnte, dass es Jens nicht unbedingt interessierte.

„Jens, ich brauche Dich nun hier. Bitte hol uns mal den kleinen Spaten aus dem Kofferraum!", rief Juliane ihm entgegen.

„Okay", antwortete er und trottete zurück zum Wagen, um den Klappspaten zu holen.

„Zum Glück hat es bis jetzt nicht geregnet, sonst wären vermutlich alle Spuren weggewaschen worden", dachte

Jens. Auf dem Rückweg zu Juliane schaute er in Richtung Deister und stellte fest, dass dort die ersten dunklen Wolken weit am Horizont zu sehen waren, sie mussten sich also beeilen.

Nachdem Heinrich die anderen Beamten eingewiesen hatte, ging er mit Michael zum Radweg, um Herbert Polle zu befragen.

„So Herr Polle, nun sind die ersten Maßnahmen am Tatort erledigt. Entschuldigung, dass Sie warten mussten. Können Sie uns nun kurz erklären, wie die Leiche gefunden wurde?"

„Natürlich, ich bin allerdings immer noch ein bisschen aufgeregt." Er erzählte den beiden alles, was sie hören wollten.

Michael notierte alles, wie gewohnt in seinem Notizbuch. Es war bereits das dritte Buch seit seiner Aufnahme in der Ronnenberger Dienststelle. Kurze Zeit später erreichten die Vans der Spurensicherung sowie auch die Kommissare Andre Nörthen, Andrea Hellwisch mit Hauptkommissar Edmund Schaft den Tatort. Beim Anblick von Andrea lächelte Heinrich minimal mit den Mundwinkeln. Michael bemerkte es und schaute ebenfalls zu Andrea und Andre und dachte: „Hm, Heinrich hat es immer noch nicht verkraftet, dass er bei Andrea abgeblitzt ist."

Edmund steuerte gleich auf seinen Freund Heinrich zu. Andre und Andrea gingen in Richtung Fundort. Allerdings kam Edmund nicht weit, denn er wurde sofort von

Mitarbeitern der Presse aus der Region mit Fragen über-
schüttet. Abwehrend hob er die Hand und erklärte im ruhigen Ton: „Tut mir leid, ich kann im Moment noch
nichts sagen. Ich bin doch eben erst eingetroffen. Bitte
halten Sie meine Leute nicht von der Arbeit ab, die Zeit
ist knapp", und wies mit dem Daumen hinter sich auf die
Gewitterfront. Er ließ die Presse mit unbeantworteten
Fragen stehen und ging weiter.

„Guten Morgen, ich bin Hauptkommissar Schaft und
leite die Ermittlungen in diesem Fall", und er schüttelte
Herbert Polle und seinen Kollegen die Hände. Edmund
war heute früh schon um 08:00 Uhr in Hannover, um
dort seinen Führerschein erneuern zu lassen und hatte
deshalb seine Kollegen noch nicht gesehen.

Heinrich und Michael gaben einen kurzen Bericht von
dem, was ihnen Herr Polle zuvor erzählt hatte.

„Vielen Dank Herr Polle. Sollen wir sie und ihren Vier-
beiner nach Hause fahren?"

Edmund schaute auf den Hund und hoffte, dass seine
Frage verneint wurde. Es war ein Labrador und das sonst
hellbraune Fell war vom Buddeln auf dem Feld total ver-
dreckt.

„Danke fürs Angebot, aber ich brauche nur knapp zwanzig Minuten zu Fuß nach Hause. Die kann ich gebrauchen, um auf andere Gedanken zu kommen."

Sichtlich erleichtert atmete Michael aus, denn er hätte
sonst die beiden fahren müssen.

Edmund, Michael und Heinrich verließen den Fahrradweg, überquerten die Landstraße, um zum Fundort zu
gelangen. Herbert Polle ließ seinen Hund von nun an
nicht mehr von der Leine und ging auf dem Radweg gemütlich nach Hause. Hasso war es egal, endlich konnte
er wieder weiterschnuppern.

Inzwischen war der Tatort durch die Sichtschutzwände
gut verdeckt. Die „Spusi" war jetzt damit beschäftigt,
vorsichtig um den Fundort Proben zu nehmen. Jens versuchte gemeinsam mit weiteren Beamten die Leiche
langsam frei zu buddeln. Achim Bär feuerte seine Mitarbeiter an, schneller zu arbeiten: „Los beeilt Euch! Es
dauert nicht mehr lange und hier steht alles unter Wasser. Die Regenfront kommt immer dichter."

Er schaute verärgert zum Himmel und fluchte leise vor
sich hin.

„Guten Morgen Juliane, kannst Du schon etwas zur To-
desursache sagen?", erkundigte sich Edmund, konnte jedoch den Fundort nicht ganz einsehen.

„Eins weiß ich bis jetzt, die Leiche ist tot."

Erst als Edmund dichter herangetreten war, sah er, dass
die Leiche noch nicht mal ganz ausgebuddelt war.

„Oh, entschuldige die dämliche Frage von mir, habe es
nicht richtig gesehen."

„Angenommen!" Sie zwinkerte ihm freundlich zu.

„Gib mir wenigstens noch zehn Minuten, dann liegt er
frei."

„Er?"

„Ja, so wie ich es sehe, ist das die Hand eines Mannes, auch wenn sie zerfleddert ist. Mit einem Labrador, der Blut geleckt hat, möchte ich jedenfalls nicht kuscheln."

„Okay, danke."

Erstaunt stellte er fest, dass Juliane deutlich sportlicher und adretter aussah als vor einem Jahr. Nur gut, dass Andrea sich mit ihr regelmäßig, in der manchmal knappen Freizeit, zum Joggen verabredete. Edmund ging Achim ein bisschen entgegen. Die Spusi hatte den gesamten Verladeweg der Rübenmaus mit Absperrband umzäunt und angefangen nach ungewöhnlichen Dingen zu suchen.

„Hallo Achim, was habt Ihr bis jetzt herausgefunden?"

„Moin Edmund, bisher nicht viel. Das einzige Fundstück ist ein kleines Stückchen des Hemdsärmels, etwa fünfzehn Meter hinter dem Fundort. Ist vermutlich durch die Verlademaus mitgerissen worden. Zum Glück nur der Hemdsärmel, möchte mir nicht vorstellen, wenn eine abgerissene Hand auf den Anhänger verladen worden wäre. Sonst ist bis jetzt nicht viel zu finden, aber der nahende Regen wird wohl einiges vernichten."

Edmund schaute sich um und rief Andrea und Andre zu sich.

„Ihr beide fahrt sofort dort hinten nach Linderte. Wie ihr seht, findet dort noch eine Verladung statt. Ich will den Namen des Fahrzeugführers der Rübenmaus haben.

Kurze Aufnahme der Personalien, ob er etwas bemerkt hat usw., bevor er ganz weg ist!"

„Okay, Edmund", bestätigte Andre und verließ mit seiner Kollegin den Fundort. Edmund winkte Heinrich zu sich.

„Heinrich, ich möchte wissen, wem dieses Feld gehört. Ich denke, der Besitzer weiß noch nicht, was hier los ist."

„Da haben wir ein bisschen Glück gehabt und brauchten keine Anfrage an das Katasteramt machen. Herr Polle wusste, dass dieses Feld dem Landwirt Tobias Feile gehört. Ansässig in Holtensen. Telefonnummer und Adresse habe ich über die Zentrale erfragt und wollte ihn gerade anrufen."

„Gut. Ruf ihn an! Ich will unbedingt mit ihm sprechen und am besten, er kommt gleich hierher."

Heinrich wählte die Nummer, aber es meldete sich niemand, sodass der Anrufbeantworter nach einer Nachricht bettelte. Er hinterließ eine kurze Nachricht und seine Handynummer.

Zwei Minuten später klingelte sein Handy. Heinrich erklärte dem Landwirt in knappen Worten die Lage. Dieser gab als Antwort: „Alles klar. Ich bin gerade in Evestorf auf dem Feld. Ich komme sofort. Bis gleich."

In den nächsten Minuten saß Edmund in seinem Wagen und versuchte sich zu beruhigen, um die wenigen Fakten, die sie bis jetzt hatten, in Einklang zu bringen. Plötzlich rief Juliane: „Edmund, die Leiche ist nun freigelegt. Ich habe etwas Gruseliges für dich!"

Als Edmund dichter an die freigelegte Leiche herantrat, wurde ihm schlecht. Juliane hatte ihn bis dahin noch nie so erschrocken gesehen. Jens wollte von jeder Position rund um die Leiche Bilder mit der Kamera machen, aber Juliane brauchte ihn nun an der Leiche. Somit übernahm es einer der Beamten der Spurensicherung, die Aufnahmen zu machen.

„Du meine Güte, was ist denn das?", erkundigte sich Edmund erstaunt. Heinrich und Michael blickten ebenfalls mit aufgerissenen Augen auf den Kopf der Leiche.

Juliane und Jens hoben vorsichtig den Kopf an. Dieser war mit einer durchsichtigen Gefriertüte komplett umschlossen und mit einem Kabelbinder am Hals verschlossen worden. Der Kopf war total schwarz. Das schwarze Zeug sah aus wie Teer. Es waren kaum Haare oder Augen innerhalb der Tüte zu erkennen. Es sah aus, als hätte der Körper einen schwarzen Luftballon als Kopf. Auch auf dem Hemd des Toten waren schwarze Flecken zu sehen.

Jens tippte mit dem behandschuhten Finger darauf. Um die Konsistenz zu testen, rieb er die schwarze, klebrige Masse zwischen Daumen und Zeigefinger. Danach roch er daran und stellte fest: „Zucker, in Form von Sirup, würde ich sagen", und leckte an seinem Finger, „Echt lecker!"

Heinrich schüttelte sich, kniff die Augen kurz zusammen und drehte sich von der Leiche weg.

„Tatsächlich! Es ist Stipps", bestätigte Jens. Doch Heinrich entfernte sich und gab dem schnell heranfahrenden Fahrer des Traktors ein Zeichen. Dieser parkte auf dem Feld und stieg aus. Heinrich begrüßte den Landwirt und beide gingen zum Fundort zurück. Sie kamen gerade an, als die Leiche aus dem Loch im Feld gehoben wurde.

Juliane untersuchte den Kopf weiter und verbesserte die Aussage von Jens mit den Worten: „Stipps mit Schuss, würde ich sagen. Denn der Tote hat leider, so wie ich es erfühlen kann, mindestens ein Loch in seinem Kopf."

Als Tobias den Leichnam entdeckte, stotterte er: „Ach du Sch…Schei…, das ist ja Rainer!"

Kap. 4: Dienstag, 16.10.2018, 11:21 Uhr

Tobias hatte ein flaues Gefühl im Magen. Der Tod seines Freundes Rainer lag dort wie ein zentnerschwerer Klotz herum. Er wollte eigentlich sofort seine Frau Katja anrufen, besann sich aber und brach den Anruf ab. Mit gesenktem Kopf saß er im Polizeiwagen und dachte an Rainer.

Nach dem Abtransport der Leiche erschien Edmund an der Tür und stellte sich kurz vor.

„So, nun habe ich endlich Zeit für Sie. Ich bin Hauptkommissar Schaft und ich leite die Ermittlungen in diesem Fall. Tut mir leid um Ihren Freund oder Bekannten."

Tobias setzte sich aufrecht hin und schaute den Beamten erwartungsvoll an. Eigentlich war er in Zeitdruck, es ist schließlich Erntezeit.

„Schon okay, aber wie lange dauert es denn? Ich wollte heute Nachmittag anfangen, den Acker, wo Rainer gelegen hat, umzupflügen, damit wieder neu eingesät werden kann. In meinem Beruf ist alles zeitlich genau getaktet."

„Und ich habe einen Mord gründlich aufzuklären. Ich habe vorerst nur zwei Fragen, für die weiteren Fragen kommen meine Kollegen zu ihnen nach Hause", entgegnete Edmund freundlich. Innerlich war er schon ein bisschen aufgewühlt über die kühle Antwort von Herrn Feile.

„Da sie vorhin den Vornamen gesagt hatten, kennen Sie also den Toten. Ich benötige seine Daten, Adresse und Telefon usw."

„Kein Problem. Es ist Rainer Pflug, Junggeselle, wohnhaft in Holtensen. Wohnt zur Miete in der Bergstraße. Seine Handynummer habe ich hier, auch ein Bild, sogar mit demselben Hemd ist er darauf zu sehen. Wir sind gut befreundet, ach, befreundet gewesen, muss ich jetzt wohl sagen. Am kommenden Wochenende wollten wir zusammen meinen Geburtstag nachfeiern. Kann ich jetzt gehen?"

„Moment, die zweite Frage ist, wann haben sie Herrn Pflug zum letzten Mal lebend gesehen?"

Tobias antwortete wie aus der Pistole geschossen: „Ha, die Frage ist einfach, Donnerstag gegen 19:00 Uhr im Dorfgemeinschaftshaus. Dort war eine Informationsveranstaltung für Landwirte bezüglich des Themas „Preise für Zuckerrüben, neue Vertragsbedingungen und noch einiges mehr. Im Anschluss genehmigten wir uns noch ein kleines Bier", antwortete Tobias. Heinrich öffnete die Seitentür des Bullys und schaute Edmund mit großen Augen an.

„Sollen wir jetzt hier weitermachen?", erkundigte sich Heinrich. Edmund überlegte kurz und nickte ihm zu.

„Eh, danke Herr Feile, mein Kollege Oberkommissar Hoelst kommt heute nochmal bei Ihnen vorbei. Wir sind jetzt auch ein bisschen in Zeitnot. Das nahende Gewitter spült uns sonst alle Beweise fort."

Tobias schaute auf sein Handy und prüfte seinen Kalender.

„Reicht heute um 15:00 Uhr, da bin ich für eine halbe Stunde zuhause. Trotz Erntezeit brauche ich auch mal eine kleine Kaffeepause und muss den Volldrehpflug an den Traktor anhängen."

Heinrich nickte Edmund zu, trug sich den Termin gleich ins Handy ein und sendete diesen auch an Michael weiter.

„Vorerst danke und bitte das Feld nur bis zu unserer Markierung umpflügen. Die Spurensicherung ist noch nicht ganz fertig!"

„Alles klar, dann pflüge ich erst das Feld nebenan um. Bis später."

Er verließ den Bully und fuhr mit seinem Traktor auf das Evestorfer Feld zurück.

Die Spusi musste sich ranhalten, denn die Regenwolken kamen immer dichter aus Südwest heran und einige Blitze zuckten bereits in weiter Ferne. Achim feuerte seine Mannschaft an. Jens und Juliane waren schon, genauso wie die Leiche im Leichenwagen, unterwegs zur Medizinischen Hochschule Hannover. Andrea und Andre hatten ihre Befragung des Maschinenführers erfolgreich durchgeführt und meldeten sich bei Edmund zurück.

„Okay, bitte vorerst keinen Bericht an mich, helft lieber Achim und seinen Leuten bei der Spurenaufnahme in dem abgesteckten Bereich. Sonst schaffen wir es nicht, alle möglichen Beweise vor dem einsetzenden Regen zu retten. Und bei Gewitter will ich hier keinen mehr auf dem freien Feld rumlaufen sehen!", ermahnte er die beiden Kommissare.

„Okay, machen wir", bestätigte Andrea.

„Michael und Heinrich fangen am hinteren Ende an zu suchen", und er wies mit dem Finger in die Richtung.

„Am besten, ihr geht auch dort mit hin und kommt mit ihnen langsam suchend zurück. Ich denke, wir haben noch ein bis maximal zwei Stunden Zeit, dann bricht hier sprichwörtlich die Hölle los."

Die beiden nickten nur kurz und liefen auf dem Radweg auf Michael und Heinrich zu.

Achim winkte Edmund zu und rief: „Edmund, ich glaube, hier haben wir etwas Wichtiges gefunden." Edmund überquerte die Straße und erkundigte sich: „Was gibt es denn hier zu sehen?", und suchte den Boden ab. Edmund konnte nichts Verdächtiges oder Auffälliges entdecken.

„Na hier", und zeigte ihm die Stelle, indem er sich hinkniete.

„Ah ha", kam es eher desinteressiert aus Edmunds Mund.

„Hier sind überall Abdrücke von Gummistiefelsohlen, aber dieser eine Abdruck ist mit relativ glatter Sohle, in der Vorwärtsbewegung zum Fundort. Sieht eher wie ein großer Turnschuhabdruck aus. Weitere Abdrücke gibt es nicht, da der Rübenroder und die Verlademaus mit ihren

Auslegern darüber gerollt sind. Könnte ein Hinweis sein. Wir machen auf jeden Fall einen Gipsabdruck davon."

„Prima, diesen Abdruck hätten wir nach dem Regen nicht mehr gefunden. Ich weiß schon, warum Du gern bei der Spusi arbeitest", und lächelte ihn an. Achim machte eine Faust und streckte den Daumen hoch: „Und wie!", bekräftigte er Edmunds Aussage.

Es dauerte jedoch länger als gedacht den Bereich abzusuchen, aber es wurden etliche Plastiktüten mit möglichen Beweisstücken gefüllt, die es galt, im Labor einer weiteren Untersuchung zu unterziehen. Achim nahm anschließend alle Absperrungen wieder beiseite und gab damit das Feld für die weitere Bearbeitung durch Bauer Feile wieder frei. Anschließend trafen sich alle am Bully und besprachen noch kurz die weiteren Maßnahmen.

Edmund startete mit den Worten: „Vielen Dank für die schnelle und effektive Suche auf dem Feld. Hier nun die nächsten Schritte. Michael und Heinrich fahren zurück zur Zentrale und recherchieren, ob es Auffälligkeiten bei Rainer Pflug gibt. Andrea, Andre und ich fahren zur Wohnung des Opfers. Achim, kannst Du auch noch mit Deinen Leuten dort sein? Liegt ja quasi auf dem Weg", und er grinste ihn breit an.

„Ja, kein Problem, aber einen meiner Mitarbeiter musst Du entbehren können!"

Achim wandte sich an seinen Kollegen: „Matti, Du fährst mit den gefundenen Beweisstücken schon mal ins Labor und kannst mit der Analyse anfangen! Dieter und

Otto, Ihr beide bleibt hier und fahrt mit mir zur Wohnung des Opfers."

„Alles klar?", erkundigte sich Edmund. Einige nickten nur, Andrea antwortete selbstverständlich mit einem „Ja."

Sie verließen mit drei Einsatzwagen den Fundort. In Holtensen trennten sich ihre Wege. Michael und Heinrich fuhren weiter geradeaus, die anderen bogen links in die Bergstraße ab.

An der Ampel zur B217 fing es jetzt an zu regnen und in Bredenbeck zuckten bereits die ersten Blitze, gefolgt von lautem Grollen. Kurz vor zwei Uhr stellte Michael fest, als er auf seine Funkuhr schaute.

„Lohnt sich kaum erst nach Ronnenberg zu fahren, oder Heinrich?"

„Doch. Dann können wir uns noch mal frisch machen und ggf. unsere Schuhe säubern, bevor wir den Landwirt besuchen", gab Heinrich ihm als Denkanstoß. Michael schaute auf seine Schuhe, als sie an der nächsten roten Ampel warten mussten.

„Jo, Du hast Recht, außerdem kann ich jetzt einen frischen Kaffee gebrauchen."

Wie von selbst trat Michael beim Aufleuchten des grünen Signals das Gaspedal weiter durch als sonst. Der Gedanke an Kaffee löste wohl diese chemische Reaktion in seinem Gehirn aus. Heinrich betrachtete währenddessen die herannahende „Skyline" der alten Zuckerrübenfabrik.

Schon lange wurden hier keine Zuckerrüben mehr verarbeitet, wusste Heinrich. Einige Gebäude sehen eher wie eine heruntergekommene Baracke aus, daneben dicht an dicht etliche alte Häuser, die heute teilweise neu vermietet worden sind. Imposant stehen dort auch noch zwei Schornsteine. Ein neuer aus Metall, der mit Spannseilen befestigt wurde, um ihn am Umfallen zu hindern, wenn es stürmisch daher weht. Der Ältere von den beiden ist gemauert und scheint auch robuster zu sein. Am Ende der Häuser- und Lagerhallenreihe stehen drei riesige Silos. Im Vordergrund steht eine mit Graffiti bemalte hohe weiße Halle mit grüner Umrandung am oberen Ende. Auf dieser sind etliche Antennen am Dach befestigt. Das große Schild am oberen Rand zeigt auf, wem das Gebäude heute gehört. Zwischen der Fabrik und diesem vorderen Gebäude liegt die Bahnstrecke für den Pendelverkehr zwischen Hannover und Hameln. Im Halbstundentakt fahren hier die Personenzüge sowie ab und an einige Güterzüge.

Nachdem die Fabrik aus seinem Blickwinkel verschwunden war, kam ihm augenblicklich wieder der schwarze Kopf in den Sinn und Jens, wie er seinen Finger mit der schwarzen, klebrigen Flüssigkeit ablegte. Wieder musste er sich schütteln. Michael nahm es in dem Augenwinkel wahr.

„Was ist? Fahre ich zu schnell?"

„Nein, ich habe nur beim Anblick der Zuckerrübenfabrik wieder an *unsere* Leiche gedacht. Völlig absurd, wieso macht sich jemand die Mühe und wickelt den Kopf in eine Plastiktüte mit Stipps, obwohl dieser ja schon eine Kugel im Kopf hat?"

„Dafür sind wir beide bei der Polizei, Heinrich, um diesem Irren das Handwerk zu legen", ermutigte er seinen Beifahrer.

„Danke Michael. Nur zur Info für Dich, ich fahre nachher, dann brauche ich hoffentlich nicht mehr so viel zu grübeln."

„Kein Problem, dann habe ich ein bisschen Zeit, mein Notizbuch zu überprüfen."

Keine zwei Minuten später parkte Michael den Streifenwagen vor der Zentrale. Es schüttete nun wie aus Eimern und die beiden spurteten schnell ins Gebäude.

„Bah! Was für ein Sauwetter. Hast Du das bestellt?", scherzte Michael.

„Ich habe zwar einen Stern mehr als Du, aber nee, ich war es nicht. Aber wenn wir schon dabei sind, kann ich Dir doch einen Befehl erteilen." Michael starrte ihn mit großen fragenden Augen an und Heinrich musste insgeheim grinsen. „Bring mal bitte einen Kaffee für mich mit. Ich starte schon mal die Personenabfrage. Viel Zeit haben wir ja nicht, aber so ein paar Kleinigkeiten sollten wir schon über das Opfer herausbekommen."

„Alles klar, Herr *Oberkommissar*."

Michael steuerte die kleine Küche an, Heinrich ging zu seinem Arbeitsplatz und startete den Computer.

Zur selben Zeit klingelten die anderen Beamten bereits bei dem Vermieter der Wohnung von Rainer Pflug, die Kollegen der Spurensicherung warteten geduldig dahinter.

Als Theodor Eber ihnen in Trainingshose und Unterhemd erstaunt die Haustür öffnete, mussten Andrea und Andre unweigerlich die Nase rümpfen. Wie eine unsichtbare Druckwelle erreichte der Geruch von Alkohol und Zigarettenqualm ihre Nasen, als dieser die Haustür öffnete.

„Guten Tag Herr Eber, wir sind von der Polizei Ronnenberg und müssen in die Wohnung von Herrn Pflug. Haben sie einen Schlüssel oder können sie die Tür öffnen?"

Sie zeigten pflichtbewusst ihre Ausweise. Theodor blickte nur kurz darauf und fragte ganz naiv im Gegenzug: „Warum warten Sie nicht, bis er zuhause ist?"

„Er wird nicht mehr hierher zurückkommen, er ist leider tot aufgefunden worden."

„Oh Mann, das gibt's doch nicht."

„Oh doch, leider", entgegnete Andrea.

Mehr wollte sie ihm vorerst nicht erzählen und gab den anderen Beamten am Straßenrand einen Wink. Sie beeilten sich, denn nun fing es auch hier an zu regnen. Kaum waren alle im Haus, krachte es draußen sehr laut. Ein

Blitz musste in unmittelbarer Nähe irgendwo eingeschlagen sein.

„Wo ist die Wohnung?", erfragte Andre den verdutzten Vermieter.

„Oben. Die Tür ist, wie immer, offen", und er wies mit dem Finger die alte Holztreppe hinauf.

„Danke. Ziehen Sie sich bitte etwas über, wir kommen gleich auch zu ihnen, um Ihnen ein paar Fragen zu stellen!"

Insgeheim hoffte Andrea, er würde sich auch ein bisschen frisch machen. Sie entdeckte, dass das Unterhemd kleine rote Flecken aufwies. Jedoch wirkte dieser korpulente Mann sehr gelassen. Entweder lag es am Alkohol oder an seinem Mittagessen. Da sein Oberlippenbart ebenfalls leicht rötlich schimmerte, vermutete sie, dass es bei ihm heute Nudeln mit Tomatensoße gab. Die Kombination von Nudeln und Bier bewirkte wohl seine Schläfrigkeit.

Edmund, Achim Bär und seine Mitarbeiter gingen an Andrea vorbei. Andre war allerdings als Erster oben angekommen und öffnete vorsichtig die Tür. Dicht gefolgt von Edmund. Beide traten mit gezogenen Waffen hinein und durchsuchten blitzartig alle Räume.

„Gesichert!", ertönte es abwechselnd von Edmund und Andre. Nach dreißig Sekunden war klar, dass niemand mehr anwesend war. Das hatte Edmund auch nicht vermutet, aber man konnte nie vorsichtig genug sein.

„Achim, ihr könnt reinkommen, alles okay!", rief Edmund aus der Küche den anderen zu.

Andre erweiterte seine Aussage noch: „Hier im Wohnzimmer solltet ihr anfangen! Denn hier sind vermutlich die meisten Beweise zu finden."

Im selben Moment flog bei Edmund, der noch in der Küche stand, durch eine Windböe die Balkontür auf. Blitzartig drehte er sich mit der Pistole im Anschlag herum. Dicke Regentropfen platschten auf den Holzfußboden. Er entspannte sich, als er bemerkte, dass es nur der Wind gewesen war, der die Tür geöffnet hatte. Er steckte seine Waffe ins Holster und zog sich vorsichtshalber erst einmal die Einmalhandschuhe an. Er vermutete, dass der Mörder diesen Weg benutzt hatte, um in die Wohnung zu gelangen und auch wieder hier entlang zu verschwinden. Denn draußen an der rechten Seite konnte er einen zweiten Rettungsweg an diesem Haus erkennen. Eine nachträglich angebrachte, ziemlich neue Metalltreppe entdeckte er durch die Fensterscheibe, an der nun sintflutartig der Regen niederprasselte. Auch Hagel mischte sich unter den Regen. Er folgte den anderen ins Wohnzimmer.

Andrea stand auch schon davor und machte große Augen, genau wie Edmund, als er an sie herantrat und ins Zimmer blickte.

Ihr Kollege Andre war mit den anderen schon dort, jedoch stand er weit am Rand, um keine Beweise zu vernichten. Auf den ersten Blick sah es so aus, als hätte hier ein Kampf stattgefunden. Beim genaueren Betrachten konnte Edmund erkennen, dass es nur in der Mitte unordentlich aussah. Dort stand ein Holztisch mit Kacheln in der Mitte, der auch die Möglichkeit zum Ausziehen bot, wenn mehrere Gäste daran sitzen wollten. Sechs Stühle waren dafür vorgesehen, einer war jedoch entfernt worden und lag umgekippt in der rechten Ecke.

„Dahinten am Sofa ist er erschossen worden. Die dahinterliegende Wand hat die Blutspritzer rund um das Austrittsloch der Kugel farblich markiert. Das Opfer hat also gestanden und ist anschließend sanft auf das Sofa gefallen, siehe Blutfleck, links. Danach hinunter gerollt auf den Teppich und dort ausgeblutet. So meine erste Einschätzung", erläuterte Achim Bär.

„Okay. Das heißt also, dass sich die beiden kannten?"

„Muss nicht zwingend der Fall sein", gab Andre zu bedenken.

„Vielleicht hat sich der Täter ja leise hereingeschlichen. Ich habe in der Küche eine Balkontür geschlossen, die gerade aufgeweht worden ist, als ich dort den Raum inspizierte. Und es gibt draußen eine fest installierte Leiter nach unten."

Andrea, die bisher nichts zu dieser scheußlichen Angelegenheit gesagt hatte, zog erstaunt ihre Augenbrauen nach oben und meinte: „Auf dem Tisch steht kein Aschenbecher, also ist er wohl zum Rauchen nach draußen auf den Balkon gegangen", gleichzeitig zeigte sie auf die Zigaretten neben der Fernbedienung fürs Fernsehen.

Edmund räusperte sich und gab seinen Kollegen nun weitere Anweisungen: „Andrea und Andre, Ihr beide geht nach unten und vernehmt den Vermieter Herrn…, eh Eber. Hier oben machen die Kollegen weiter. Ich telefoniere mal kurz mit Michael und Heinrich und gebe ihnen ein paar Informationen hierzu. Vielleicht können sie es ja geschickt in die Befragung des Landwirtes einbauen. Denn irgendwie schien er mir ein wenig komisch, oder besser gesagt, reservierter zu sein, als ich ihn vorhin befragte."

„Okay, bis später, komm Andrea, wir gehen runter. Zum Glück brauchen wir ja nicht aus dem Haus", meinte Andre zu ihr, als im selben Moment ein Blitz das Wohnzimmer erhellte und eine Sekunde später der laute Donner an ihre Ohren drang. Das Gewitter hatte nun seinen Standort direkt über diesem Ort und instinktiv zogen alle Beamten ihre Köpfe ein.

Edmund schaute als Einziger nach oben und dachte: „Mein Gott, jetzt ist aber gut, hab es verstanden! Wir werden den Schuldigen finden, das verspreche ich."

Damit die Beamten der Spurensicherung ihre Arbeit im Wohnzimmer fortsetzen konnte, ging er noch mal in die Küche, um dort zu telefonieren.

Er wollte sich gerade auf einen Stuhl setzen, da fiel ihm auf, dass der Küchenschrank in der hintersten Ecke halb offenstand. Er öffnete die Tür ganz und musste unweigerlich schlucken.

„Achim, komm mal schnell hierher!"

„Was ist denn los?", wollte Achim wissen, als er in die Küche eintrat.

„Sieh mal, was ich gefunden habe, einen ganzen Eimer mit Rübensaft, der Deckel ist nicht richtig verschlossen und an der Tür klebt auch etwas Schwarzes in Form einer Hand."

Vorsichtig nahm Achim den Eimer aus dem Schrank und stellte ihn auf den Küchentisch.

Auf dem Klebeschild stand in großen Buchstaben „Rübensaft aus Ihme-Roloven, Inhaber: Martin Pflug". Telefon und Adresse zierten ebenfalls den Blecheimer, sowie die Angabe „3 KG".

„Das ist bestimmt ein Verwandter von Rainer Pflug, aber wir werden es schnell herausbekommen", meinte Edmund.

„Da sind keine drei Kilo mehr drin, Edmund. Und ich vermute, es ist dieselbe Sorte, die wir vorhin an der Leiche gefunden haben." Behutsam öffnete Achim den Behälter: „Wie vermutet, nur noch ein Rest darin zu sehen."

„Es war Zufall, die Tür stand einen Spalt offen. Ich wollte gerade telefonieren", erklärte er Achim.

„Okay, den Eimer nehmen wir auf jeden Fall mit ins Labor, die Spektralanalyse wird es dann aufzeigen, ob es derselbe Sirup ist. Außerdem haben wir mittlerweile am kurzen Ende unter dem Wohnzimmertisch ebenfalls eine schwarze klebrige Substanz zusammen mit Blut gefunden. Na, das entwickelt sich ja super für uns, innerhalb von wenigen Stunden finden wir etliche Hinweise."

„Da hast Du Recht, Achim", stimmte Edmund ihm zu, strich sich übers Kinn und fing an zu grübeln. Ihm kam der Gedanke, ob es tatsächlich Glück war oder wollte der Täter, dass der Eimer hier gefunden wird.

Kurz darauf zog er sein Handy heraus und wählte die Nummer von Heinrichs Handy.

„Hallo Edmund, was gibt's", klang es aus dem Hörer. „Hallo Heinrich, hier noch einige Informationen für Euch, bevor ihr den Bauern Feile vernehmt."

Edmund informierte ihn kurz über die Dinge, die sie bis jetzt in der Wohnung gefunden hatten und verabschiedete sich mit den Worten „Viel Glück, mein Freund."

Das Gewitter war weiter nach Osten gezogen und brachte vermutlich nun die Einwohner von Lüdersen oder Gestorf zum Schaudern.

Edmund durchstöberte vorsichtig die weiteren Räume der Wohnung. Neben der Küche lag das Bad, klein und niedlich, wie er es empfand, aber ideal für einen „Ein-Mann-Haushalt": Mit einer Dusche, einem Erste-Hilfe-Kasten, einer Toilette, selbst die Waschmaschine fand dort ebenfalls ihren Platz. Er blickte in die weit geöffnete Waschmaschine und sah ein Handtuch darin. Vorsichtig zog er es heraus. Es erreichte ihn ein süßlicher, nach Eisen und Zucker riechender Duft. Blut und Stipps klebte daran. Edmund faltete es vorsichtig zusammen, legte es auf die Waschmaschine und betrachtete sich das Waschbecken genauer. Auch hier fand er, nicht auf den ersten Blick erkennbar, Schmutz und Blut.

„Achim, im Badezimmer sind auch noch Spuren zu finden. Das Handtuch habe ich vorher in der Waschmaschine gefunden."

„Okay Edmund, tüte ich gleich ein."

Im Flur selbst schien alles unberührt zu sein, Edmund konnte nichts Merkwürdiges entdecken. Doch als er das Schüsselbrett anschaute, musste er sofort schmunzeln. Ein buschiger Fuchsschwanz hing dort und am anderen Ende der Autoschlüssel. Ein auffälliger Wagen ist ihm jedoch am Straßenrand nicht aufgefallen.

Achim und seine Mitstreiter waren immer noch im Wohnzimmer beschäftigt, also machte er sich auf den Weg ins Schlafzimmer.

„Ach herrje, na hier sieht's ja großartig aus", meinte er ironisch. Das Bett war nicht gemacht, ein dunkles T-Shirt lag auf dem Bett, getragene Socken davor. Auf dem Nachtschrank stand ein Funkwecker. Die oberste Schublade stand offen und gab den Blick frei auf ein Paket Taschentücher sowie etliche Tütchen Kondome, in allen erdenklichen Farben und Geschmacksrichtungen. Die Fenster waren zu und der Geruch von verschwitzten Anziehsachen und weiteren, undefinierbaren Gerüchen drang nun in seine Nase. Edmund ging ums Bett herum und kippte ein Fenster auf. Das Gewitter war vorbeigezogen und es regnete noch leicht nach. Edmund blieb am

Fenster stehen und zog die von außen einströmende frische Luft kräftig in seine Lungen ein.

„Schon besser!"

Er ging zum Kleiderschrank und öffnete jede Tür. Erst links, nur Hemden und Hosen. Dann rechts, nur Einlegeböden mit Poloshirts, Unterwäsche und oben einige Pullover oder Kapuzenpullis, wohl für die kälteren Tage. Mit einer Hand strich er zwischen den Pullovern und T-Shirts hindurch, in der Hoffnung, irgendetwas Verdächtiges zu entdecken. Aber außer ein paar weiteren Kondomen war nichts zu finden. Dann öffnete er mit beiden Händen die mittleren Türen und schaute in zwei strahlend blaue Augen. Lange dunkelblonde Haare bedeckten halb ihre formschönen Brüste und ohne Vorwarnung bewegte sich die nackte Frau auf Edmund zu, als wolle sie ihn mit ihrem leicht geöffneten, sinnlichen Mund ungeniert küssen.

Edmund machte automatisch einen Schritt zurück, stieß ans Bett, kam ins Straucheln, fiel rückwärts, holte sich eine Beule am hinteren Bettrahmen und die bildhübsche, nackte Frau stürzte gnadenlos hinterher. Edmund schloss die Augen und er spürte, wie sie sich auf seinem Bauch liegend, weich an ihn schmiegte. Ohne es zu wollen schrie er trotzdem ein „AUA!" in den Raum. Aus dem Wohnzimmer kam Achim mit schnellen Schritten angelaufen und blieb mit offenem Mund im Türrahmen stehen, bevor er laut loslachte.

„Haha, Edmund, wenn ich das Deiner Frau erzähle. Ihr beide gebt ein großartiges Paar ab!"

Nun wurde es Edmund zu viel, er fasste die lebensgroße Liebespuppe an den Hüften und stieß sie von sich herunter. Unsanft landete sie auf dem Rücken neben dem Bett und hatte nun ihre blauen Augen wieder verschlossen.

„Hör auf zu lachen, hilf mir lieber wieder hoch!"

Edmund hielt sich den Kopf mit der linken Hand, die Beule schmerzte ihn sehr. Er reichte Achim seine rechte Hand und dieser zog ihn mit einem kleinen Ruck vom Bett hoch. Als Edmund seine Hand wieder vorstreckte sah er Blut an seinen Fingern, sein Blut.

„So ein Mist, nun habe ich auch noch eine Platzwunde", nörgelte er. In dem Augenblick erschienen Andrea und Andre im Türrahmen. Sie hatten die Befragung von Herrn Eder beendet.

Als Andre die Puppe am Boden liegen sah, erklärte er ironisch: „Glückwunsch Edmund. Du hast ja noch eine Leiche entdeckt!"

Schallendes Gelächter erfüllte das Schlafzimmer, erst musste Edmund mitlachen, doch gleich darauf verstummte er und hielt seine Finger hoch.

„Moment, ich hole etwas zum Verbinden aus dem Auto"

„Im Bad ist ein kleiner Erste-Hilfe-Kasten", erklärte Edmund und setzte sich wieder auf die Bettkante. Wenig später war die kleine Wunde verbunden. In dieser Zeit erzählten Andrea und Andre ihm die wichtigen Punkte von der Befragung. Jedoch war nichts davon wirklich wichtig, außer der Tatsache, dass Rainers Wagen seit

Samstag nicht mehr an der Straße stand. Das war Herrn Eder aufgefallen, da er ihm leider keine Garage zur Vermietung anbieten konnte.

„Okay, hier kommen wir nicht weiter, wir fahren nun zurück nach Ronnenberg und lassen die anderen hier in Ruhe weiterarbeiten. Ist jetzt gleich 15:00 Uhr, Michael und Heinrich sind schon unterwegs zu unserem Landwirt", erklärte er seinen beiden Kommissaren.

„Achim, wir düsen los. Wenn Du noch etwas Wichtiges findest, ruf mich an. Und stellst Du bitte die Puppe wieder in den Schrank oder lege sie einfach aufs Bett!"

„Ja, kein Thema. Bis später, ich denke, wir brauchen hier noch mindestens bis 18:00 Uhr", rief Achim ihnen nach, verkniff sich jedoch eine weitere lustige Floskel bezüglich der hübschen Brünetten.

Kap. 5: Dienstag, 16.10.2018, 14:58 Uhr

Schweigend saßen sich Tobias und seine Frau Katja gegenüber. Katja heulte und wischte sich die Tränen mit einem Taschentuch beiseite. Es war bereits ihr fünftes, welches die nicht enden wollende Flut ihrer Tränen aufsog. Tobias betrachtete sie gelassen, ohne ein weiteres Wort zu sagen. Sie wussten beide, dass der Tod von Rainer ihr Leben vielleicht wieder neu ordnen würde. Tobias weinte jedoch nicht, er war zwar mit Rainer befreundet gewesen, aber was er schon vermutet hatte, wurde von ihr bereits letzten Samstag bestätigt.

„Katja hatte sich in Rainer verguckt. Muss wohl an den Wechseljahren liegen", dachte Tobias im Stillen, „Oder liegt es etwa an mir?"

Der schrille Ton der Klingel riss ihn aus seinen Gedanken. Er stand auf und schritt den langen Flur entlang. Die Haustür hatte durchsichtige Glaselemente, so dass er die beiden Beamten bereits dahinter erkennen konnte und öffnete ihnen mit relativ gelassener Miene.

„Kommen Sie bitte herein, wir sind in der Küche. Ich gehe mal voraus."

Ohne ein Wort folgten Michael und Heinrich dem Landwirt. Er öffnete die Tür zur Küche und hielt sie fest, damit die Beamten eintreten konnten.

„Darf ich vorstellen, das ist meine Frau Katja."

Sie stand an der Kaffeemaschine und füllte die Tasse von Tobias. Sie drehte sich zu den beiden Beamten um. Michael und Heinrich staunten nicht schlecht. Diese Frau sah für eine Bäuerin trotz ihrer Arbeitssachen, sehr attraktiv aus. Schlank, die brünetten Haare zu einer pflegeleichten Frisur zusammengesteckt. Heinrich konnte es nicht lassen, ihr trotzdem kurz auf ihre wohlgeformte Oberweite zu schauen. Erst danach entdeckte er die verweinten Augen und einen blauen Fleck am rechten Unterarm.

„Guten Tag Frau Feile. Das ist mein Kollege Kommissar Reiking und ich bin Oberkommissar Hoelst. Wir sind hier, um Ihrem Mann ein paar Fragen zu stellen in Bezug auf Herrn Pflug."

Wieder lief eine Träne über ihre Wange. „Entschuldigen sie bitte, ich kann es kaum fassen. Mein Mann erzählte mir erst vorhin, was mit Rainer passiert ist. Schrecklich!"

„Das finden wir auch, deswegen wollen wir auch nicht lange stören", erklärte Michael.

„Darf ich Ihnen ebenfalls einen Kaffee anbieten?"

„Danke, gern", antwortete Heinrich. Michael nickte freundlich in Katjas Richtung als Bestätigung.

„Bitte nehmen Sie Platz. Womit können wir Ihnen helfen?", erkundigte sich Tobias.

Michael zückte sein Notizbuch und Heinrich startete die Befragung, während Katja ihnen wortlos die Tassen reichte.

„Die erste Frage, die sich uns stellt, ist, wann wurde das Feld abgeerntet?"

„Es heißt gerodet", berichtigte Tobias den Oberkommissar mit einem kleinen Lächeln und ergänzte: „Dieses Feld wurde in der Nacht vom dreizehnten auf den vierzehnten Oktober gerodet."

„Wann genau wurde mit der Rodung begonnen? Wissen Sie das?"

„Ja, ziemlich genau sogar. Ich habe um 21:45 Uhr eine Nachricht vom Fahrer erhalten, dass er nun startet und vermutlich erst gegen zwei Uhr nachts fertig ist."

„Ist das üblich?", wollte Michael wissen.

„Oh ja, damit ich hinterher die Abrechnung kontrollieren kann. Auch wegen der Gewerbeaufsicht brauche ich die Informationen."

„Wir benötigen den Namen des Fahrers oder kennen Sie ihn persönlich?"

„In diesem Fall ja, ist ein Freund aus Bredenbeck. Ich sende ihnen den Kontakt gerne zu."

„Bitte an diese Telefonnummer!", bat Michael und übergab Tobias seine Visitenkarte.

„Wo waren sie denn an diesem Abend, auch auf dem Feld?", bohrte Heinrich weiter nach.

„Nein. Ich war ab 19:30 Uhr auf der Jahreshauptversammlung der Freiwilligen Feuerwehr im DGH Holtensen. Diese endete gegen 22:30 Uhr. Ich habe dort als Schriftführer das Protokoll geschrieben. Eigentlich wollte Rainer auch dort sein, aber er war es definitiv nicht. Ich habe mich auch gewundert, denn es gibt im Anschluss immer einen kleinen Snack und Freibier. Und Freibier hat Rainer bisher nie verpasst."

„Ach wirklich, hat er übermäßig viel getrunken oder sogar regelmäßig?", wollte Heinrich wissen.

„Was ist viel, was ist wenig? Mancher verträgt mehr, mancher weniger", versuchte Tobias den Beamten aufzuklären.

„Rainer war kein Alkoholiker!", polterte Katja mit ihrer verweinten Stimme dazwischen. Heinrich holte Luft und wollte gerade antworten, aber Michael tippte Heinrich unbemerkt kurz mit dem rechten Fuß an und zog seine rechte Augenbraue nach oben.

Heinrich atmete leise aus und schaute Tobias wieder an.

„Haben Sie ihn vielleicht angerufen oder hat er ihnen eine Nachricht hinterlassen, dass er nicht kommt?"

„Nein, ich war damit beschäftigt, die Unterlagen für die Jahreshauptversammlung vorzubereiten. Jedoch habe ich ihm eine Nachricht geschrieben, wo er denn bliebe, aber keine Antwort bekommen."

Da Heinrich die gesamte Zeit Tobias Feile ins Gesicht schaute, konnte er für einen Sekundenbruchteil sein linkes Auge zittern sehen. Auch Michael bemerkte es, sagte aber nichts. Heinrich setzte, ohne es sich anmerken zu lassen, die Befragung weiter fort.

„Können Sie kurz beschreiben, wie der Vorgang der Rodung abläuft?"

„Ja klar. Als Erstes wird vorn an der Straße die Stelle gerodet, um die Rüben dort in einer Miete abzulegen. Danach wird der Rest des Feldes gerodet. Ich glaube, es wurde diesmal von der Bahnhofseite her angefangen die gerodeten Rüben aus dem Bunkerroder abzulegen."

„Was ist bitte eine Miete? Ich kenne es nur als Bezahlung für eine Wohnung", stellte Michael dar.

„Das sind die langen Reihen am Ackerrand, die sogenannten Rübenmieten. Eine Miete ist eine besondere Art der Lagerung für Schüttgüter. Kennen Sie eventuell von Kies oder Sand."

„Danke für die Erläuterung. Dann war also die erste Abladestelle die Stelle, wo die Leiche eingebuddelt gewesen ist. Komisch, dass der Fahrer an dem Abend nichts Ungewöhnliches bemerkt hat."

„Nun ja, nach dem Roden werden die Löcher der Rüben in einem weiteren Arbeitsgang gleich wieder zugeschoben und die grünen Blätter gleich mit ins Erdreich. Sie bleiben als Dünger auf dem Acker. Ich kann mir schon vorstellen, dass man nicht darauf achtet, weil es ja überall gleich aussieht. Die Rüben sind auch nicht so tief in der Erde. Die Reihen sind beim Einsäen ca. 45 cm auseinander. Durch das Heranwachsen verringert sich der Abstand auf ca. 15-20 cm. Sechs Reihen werden in einem Arbeitsgang gerodet. Es gibt zweiachsige und dreiachsiger Vollernter. Größere Gerätschaften werden aber nur für besonders große Felder benutzt. Bei uns war es ein sechsreihiger, möchten Sie noch mehr wissen?"

„Ja, ich finde es komisch, dass der Fundort nicht vom Fahrer als Freiraum zu sehen war."

„Wie gesagt, wenn man Zeit hat, nimmt man eine Reihe der Rüben heraus, vergräbt die Leiche und steckt die Rüben wieder einfach oben drauf. Das fällt in der Nacht bestimmt nicht auf. Und ich vermute, Rainer sollte nicht so schnell gefunden werden. Spätestens beim Umpflügen hätte ich dann einen Schock bekommen, da der Volldrehpflug tiefer in den Boden einsticht als der Rübenroder."

„Ach ja, da fällt mir ein, wir haben einen ganzen Eimer Rübensaft in der Küche gefunden. Martin Pflug stand als Adresse darauf, wir wissen, dass es der Bruder von Rainer ist. Kennen Sie ihn?"

„Ja, aber nur vom Erzählen. Martin war nicht gerade erfreut, als er eine Abfindung an Rainer zahlen musste. War eine Erbschaftssache, mehr weiß ich auch nicht. Insofern ging es Rainer finanziell richtig gut."

„Danke für die Information. Wir überprüfen diesen Sachverhalt! Falls sich für uns noch eine Frage ergibt, rufen wir sie an. Insofern sind wir für heute erstmal fertig. Es sei denn, Ihnen ist in der Zwischenzeit noch etwas eingefallen, was uns die Suche nach dem Mörder erleichtern könnte."

Tobias schüttelte nachdenklich seinen Kopf und antwortete: „Nein, mehr weiß ich auch nicht."

Heinrich und Michael standen auf und wollten gerade gehen, aber Michael zupfte Heinrich kurz am Pullover, um ihn aufzuhalten. Katja stand die ganze Zeit in der Küche und bereitete nebenbei das Abendessen vor. Heute Abend wollte sie ihren Mann mit Sauerkraut und Mettbällchen mit Reis verwöhnen. Aber ihr war immer noch schlecht von der Nachricht, dass Rainer nicht mehr lebt.

„Frau Feile", wandte sich Michael an Katja. „Wenn ich fragen darf, wie geht es ihnen, nach dem Bekanntwerden vom Tod ihres Bekannten?"

„Ich bin total traurig, sehen sie ja. Er brachte immer, wenn er uns besucht hat, viel gute Laune mit. So manchen Grillabend saßen wir hier zusammen. Leider hatte er keine Freundin oder Frau. Aber..."

Sie zog ein Taschentuch aus der Hosentasche heraus und wischte sich wieder die Tränen fort. Nun konnte sie nicht mehr, setzte sich auf einen Stuhl am Esszimmertisch und fing fürchterlich an zu schluchzen.

„Ich glaube, Sie sollten jetzt lieber gehen. Das alles hat meine Frau doch sehr mitgenommen."

„Selbstverständlich. Auf Wiedersehen Frau Feile."

Aber sie schaute nicht hervor, ihr Kopf lehnte auf ihrem Arm und sie weinte einfach weiter, ohne sich zu verabschieden.

Michael und Heinrich verließen die Küche. Tobias begleitete die beiden Kommissare zur Haustür und verabschiedete sich von ihnen mit den Worten: „Auf Wiedersehen. Ich hoffe sie können das Schwein, sorry den Mörder, finden und verhaften."

„Das hoffen wir auch", gab Heinrich als Antwort.

„Wir werden den Mörder finden, das verspreche ich ihnen", berichtigte Michael seinen Kollegen. Tobias Feile nickte ihnen zu und schloss die Haustür von innen.

Heinrich und Michael stiegen in ihren Wagen und fuhren vom Hof auf die Hauptstraße. Keine 15 Meter von der Ausfahrt des Feile Hofes entfernt stand eine ältere Dame mit Rollator und winkte den beiden hektisch zu. Heinrich bremste den Wagen ab und Michael öffnete sein Fenster. Hinter ihnen verließ der Traktor mit Tobias den Hof und fuhr in der entgegengesetzten Richtung davon.

„Guten Tag, wie können wir helfen, Frau…?"

„Schönen guten Tag die Herren. Mein Name ist Frau von Gräffken. Ich möchte einen Mord melden."

„Wie bitte, was wollen Sie?"

„Sie haben mich schon richtig verstanden, junger Mann. Ich bin diejenige, die ein Hörgerät trägt", gab die ältere Dame schnippisch zurück.

„Ich habe sogar schon einen Verdächtigen, der Rainer Pflug getötet haben könnte." Sie grinste die beiden Kommissare an.

Michael und Heinrich kannten solche Vermutungsäußerungen von anderen Fällen und deshalb äußerte sich Michael eher gelangweilt: „Wen sollen wir denn verhaften, gnädige Frau?"

„Na, das ist doch ganz einfach, den Landwirt Tobias Feile. Kommen Sie einfach mit, ich wohne zwei Häuser weiter, Nr. 15, fahren sie schon mal vor. Ich bin gleich da."

Michael und Heinrich wechselten einen schnellen Blick und Heinrich trat auf das Gaspedal. Er parkte den Wagen auf dem Grundstück vor der Garage, wo vor dem Tor etliche Blumen blühten. Michael folgerte daraus, dass Frau von Gräffken schon eine ganze Zeit lang kein Auto mehr aus der Garage gefahren hatte. Sie hatten ihren Wagen gerade verschlossen, da eilte sie mit ihrem Rollator heran.

„Kommen Sie. Bitte hier entlang, dann kommen wir direkt zu meiner Terrasse auf der abgewandten Seite der Hauptstraße. Ich möchte nicht, dass uns jemand beobachtet", erklärte sie geheimnisvoll.

Das Haus war im Bungalowstil gefertigt und nachdem sie rechts am Hauseingang vorbeigingen, gab der schmale Weg vor ihnen bereits einen kleinen Blick auf den riesigen Garten frei.

Auf der Terrasse angekommen, staunten die beiden Kommissare nicht schlecht. So ein großes und gepflegtes Grundstück bekommt man nur selten zu Gesicht. Im

Garten selbst war ein ziemlich großer Teich, in dem etliche Koi-Karpfen herumschwammen. Eine Attrappe von einem Silberreiher stand dicht am Teich, um die echten Reiher davon abzuhalten, hier ebenfalls zu fischen. Alte mittelgroße Sandsteine umschlossen den Teich. Aus Sicht der Terrasse waren vorn kleinere Steine und dahinter größere aufgebaut und aus der Mitte eines kleinen Turmes sprudelte ein Wasserfall in den Teich. Auch das Geplätscher der kleinen Wasserfontäne inmitten des Teiches hatte für Heinrich sofort eine beruhigende Wirkung und er dachte: „Echt großartig, wie im Urlaub."

Michael stand ebenfalls der Mund offen, er hatte wohl ähnliche Gedanken. Der Rasen war sehr akkurat abgemäht worden.

„Ein Golfplatz sieht teilweise hügeliger aus", kam es Michael in den Sinn. Ringsherum um den Rasen waren Kantensteine gesetzt worden. Als Abschluss diente ein hoher Holzzaun, der das gesamte Grundstück umschloss. Zwischen den Kantensteinen und dem Zaun waren etliche Sträucher und viele bunte Blumengewächse in exakter Harmonie eingesetzt worden.

„Bitte nehmen Sie doch Platz!", riss Frau von Gräffken die beiden aus ihren Tagträumen.

„Entschuldigung, aber so einen schönen Garten bekommt man nur selten zu sehen", erklärte Heinrich und beide setzten sich mit an den kleinen Gartentisch. Michael zückte sein Notizbuch und Heinrich startete die Befragung.

„Frau von Gräffken, darf ich zuerst bitte Ihre persönlichen Daten erfragen?"

„Selbstverständlich, junger Mann. Ich heiße Elvira von Gräffken, bin 77 Jahre alt und habe eine Tochter."

„Was veranlasst Sie dazu, Herrn Tobias Feile als möglichen Täter zu betiteln?"

Heinrich war von sich selbst erstaunt, dass er sich so vornehm ausdrücken konnte.

„Das kann ich ihnen genau erklären, aber es dauert ein bisschen länger. Darf ich ihnen vorher einen Kaffee oder Tee anbieten?"

Heinrich und Michael schüttelten beide ihre Köpfe und Heinrich antwortete: „Danke, vielleicht später."

„Okay, dann fange ich mal an. Also, ich bin passives Mitglied im örtlichen Feuerwehrverein. Am Samstag war die Jahreshauptversammlung, an der ich, wie jedes Jahr, genauso wie Tobias Feile, teilnahm."

„Ja, das wissen wir bereits von ihm selbst."

„Hat er Ihnen auch erzählt, dass er eine halbe Stunde vor dem Beginn der Sitzung, also um 19:30 Uhr bereits im DGH gewesen ist? Ich vermute mal, eher nein."

Michael und Heinrich schüttelten ihre Köpfe.

„Und dass er um 19:40 Uhr das Lokal eilig verlassen hatte und erst 25 Minuten nach acht Uhr wieder anwesend war? Die Jahreshauptversammlung musste wegen ihm sogar später anfangen."

„Das hat er uns in der Tat verschwiegen", merkte Heinrich verblüfft an. Michael kritzelte eifrig in seinem Notizbuch.

„Und als er im Lokal erschien, hatte er Schweißtropfen auf der Stirn, war außer Atem und entschuldigte sich für seine Verspätung. Über eine halbe Stunde lang war er verschwunden, ist das nicht merkwürdig?"

Michael nickte und brummte ein „Hm".

„Ich konnte mir erst keinen Reim daraus machen, aber als mich meine Katja heute Mittag anrief und mir unter Tränen erzählte, dass Rainer in der Feldmark tot aufgefunden wurde, da machte es plötzlich für mich Sinn."

„Eh, Katja? Meinen Sie etwa Katja Feile, die Ehefrau von Tobias?"

„Natürlich, wen denn sonst? Katja ist eine geborene *von Gräffken* und Tobias ist nicht unbedingt mein Lieblingsschwiegersohn. Katja hätte etwas Besseres verdient, aber wo die Liebe hinfällt...", seufzte sie, trank einen Schluck Tee und steckte sich einen kleinen Keks in den Mund.

„Damit ich es richtig verstehe, Frau von Gräffken", beurteilte Heinrich, „Sie beschuldigen also Ihren eigenen

Schwiegersohn, dass er seinen Freund ermordet und anschließend auf dem Feld vergraben hat?"

„Ja, das ist richtig. Aber wieso Freund?"

„Nun ja", äußerte sich Michael, „Uns hat ihre Tochter erzählt, dass Rainer ab und zu bei der Familie Feile gewesen sei."

Frau von Gräffken musste unweigerlich laut lachen: „Hahaha, das ist doch nur die halbe Wahrheit! Katja hat mir gestanden, dass sie mit Rainer seit ca. 4 Monaten ein Verhältnis hat. Und am Samstagmorgen hat sie es dann doch nicht mehr ausgehalten und erzählte es ihrem „*Landwirt*" beim Frühstück, um reinen Tisch zu machen. Tobias war außer sich, konnte sich nicht beherrschen und hat aus lauter Wut meiner armen Katja den Arm verdreht. Geschlagen hat er sie wohl auch."

Heinrich und Michael brachten keinen Ton heraus. Sie waren schockiert und wollten die ältere Dame in ihrem Redefluss nicht unterbrechen.

„Ach, es hätte so schön sein können, wenn meine Katja den Bankkaufmann geheiratet hätte, aber es musste ja ein *Bauer* sein", gab sie abfällig von sich.

Heinrich und Michael schauten sich kurz an und erhoben sich gleichzeitig.

„Vielen Dank gnädige Frau für Ihre Erläuterungen, aber nun müssen wir noch zu einem anderen Termin."

„Sie entschuldigen, dass ich sitzen bleibe. Ich trinke genüsslich meinen Tee aus und erwarte, dass sie nun den wahren Mörder verhaften."

„Werden wir!", erklärte Michael eher knapp.

Die beiden verabschiedeten sich, verließen den herrlichen Garten und fuhren zurück nach Ronnenberg.

„Donnerwetter, so eine Schwiegermutter braucht keiner, oder Heinrich?"

„Das kannst Du wohl laut sagen, Michael! Aber der Verdacht ist nicht von der Hand zu weisen. Können wir ja gleich mit Edmund und den anderen Kollegen besprechen. Edmund hat um 18:30 Uhr eine erste Besprechung angesetzt", erklärte Heinrich und schaute nun als Beifahrer auf sein Handy, um die neuesten Termine und Infos zu checken.

„Halt stopp, Michael! Wir sollen erst noch den Freund von Tobias Feile aufsuchen, der den Rübenroder in der fraglichen Nacht gefahren hat, also dreh bitte wieder um." Heinrich erreichte den Fahrer per Handy. Dieser gab ihnen eine kurze Beschreibung, wo er jetzt zu finden sei.

Zehn Minuten später parkten die beiden Kommissare in Steinkrug in einer Parkbucht neben dem Feld. Der Fahrer des Rübenroders stand wartend auf dem Radweg und rauchte eine Zigarette. Die anschließende Befragung ergab keine neuen Erkenntnisse. Ihm ist nichts Besonderes an dem fraglichen Abend aufgefallen. Sie bedankten sich und fuhren nun endlich zurück.

Kap. 6: Dienstag, 16.10.2018, 17:17 Uhr

Bereits seit mehreren Stunden lag die Leiche von Rainer Pflug nackt auf dem OP-Tisch. Die Leichenstarre war schon lange eingetreten.

Als sie vor über drei Stunden die MHH erreichten, untersuchten sie als Erstes den schwarzen Kopf. Dazu mussten sie den Kabelbinder vom Hals lösen. Damit der OP-Tisch jedoch nicht so besudelt wurde, kam heute ein großer Metalleimer zum Einsatz, der sonst für die Aufnahme des langen Dünndarms diente. Der Kopf hing dazu über den Nacken abgewinkelt vom Tisch herab. Dazu musste Jens dem Toten das Genick brechen. Zuvor nahm Juliane mit einer großen Spritze noch eine Probe von dem Rübensaft, der sich mit Blut und Hirnmasse auf skurrile Weise vermengt hatte. Sie telefonierte anschließend mit dem Labor und bat um dringende Abholung zur Spektralanalyse. In der Zwischenzeit zog Jens vorsichtig die Tüte vom Kopf des Opfers herunter. Wie in Zeitlupe rann der Sirup zähflüssig vom Kopf in den direkt darunter gestellten Metalleimer, denn hier war es ja auch ein bisschen kälter als draußen. Danach steckte Jens die beschmutzte Tüte in eine saubere Plastiktüte, es konnten ja noch Fingerabdrücke vom Täter darauf vorhanden sein. Es ließ sich nicht verhindern, dass der Sirup auf seine Haut, oberhalb der Handschuhe, tropfte. Anschließend ließen sie den Kopf einfach so hängen. Der größte Anteil der schwarzen „Suppe" tropfte nun gemächlich in den Eimer. In der Zwischenzeit öffneten Jens und Juliane den Torso, um mit der Untersuchung der inneren Organe zu beginnen. Allerdings glaubte Juliane nicht, dass sie noch weitere, beziehungsweise, noch andere Hinweise zur Tötung finden. So war es auch. Außer einer leichten Leberzirrhose und einer angehenden Raucherlunge konnten sie nichts Außergewöhnliches entdecken.

Jens hat bis heute viel von Juliane dazugelernt und durfte in dem vergangenen Jahr schon mehrmals eine Untersuchung selbstständig unter Beobachtung von Juliane durchführen. Heute allerdings waren sie beide zu zweit an der Leiche beschäftigt, denn Edmund wollte den Bericht, wie immer, so schnell wie möglich auf seinem Tisch haben. Sie hatte sich vor gut einem Jahr entscheiden müssen, ob Jens wohl der geeignete Kandidat für die Gerichtsmedizin war. Sie hatte es bisher nicht bereut, denn er unterstützte sie großartig und somit brauchte sie nicht mehr alles allein zu machen.

Der Torso des Toten war weit geöffnet und Juliane hatte die Obduktion beinahe beendet. Jens drückte mit knackenden Geräuschen die Rippen wieder in die richtige Position und legte die durchtrennte Haut darüber. Anschließend nähten Juliane und er diese wieder zusammen. Sie waren gut eingespielt. Jens übernahm die rechte, Juliane die linke Seite und in der Mitte nähte Jens vom Bauchnabel an nach oben, Juliane kam ihm entgegen. Innerhalb von fünf Minuten waren sie fertig und die Leiche sah annähernd wieder normal aus. Abgesehen vom Kopf und dem Hals.

Jens war nun aber doch ein bisschen flau im Magen. Ihm war, trotz der Kälte in dieser Halle, warm und er fing an zu schwitzen. Leichte Kopfschmerzen kamen auch noch dazu. Er tat es mit dem Gedanken ab: „Ich habe heute viel zu wenig getrunken und seit heute Morgen nichts mehr gegessen."

Juliane wunderte sich auch über Jens. Ihr war nie zu warm bei der Obduktion. Im Gegenteil, ab und zu musste sie das Skalpell ablegen und ihre Hände warmschütteln oder aneinander reiben.

Nun begann die Untersuchung des Kopfes. Jens holte kochendes Wasser, um den restlichen Sirup vom Kopf zu entfernen. Immer mehr Haut und Haare kamen zum Vorschein und erst jetzt konnten sie erkennen, dass die Leiche eigentlich blonde Haare hatte. Die weitere Untersuchung des Kopfes brachte genau die Erkenntnis, die beide bereits auf der Fahrt zur MHH im Auto vermuteten. Tod durch Erschießen. Eintritt auf der Stirnseite, relativ mittig, 1,5cm oberhalb der rechten Augenbraue. Das Austrittsloch war ca. 3cm breit. Nach dem Entfernen der Haare und Abtrennung der Kopfhaut am Hinterkopf konnten sie die gerissene Schädeldecke mit dem Austrittloch entdecken und vermessen. Das Vermessen des Schusskanals eröffnete ihnen die Tatsache, dass es ein wesentlich größerer Täter gewesen sein musste, da der Kugelverlauf im Nacken tiefer war als an der Stirn. Reste von Schmauchspuren wurden an der Stirnseite entdeckt, somit stand der Täter wohl direkt vor ihm. Laut dieser Spuren errechnete Juliane einen Abstand von maximal einem halben Meter und schlussfolgerte daraufhin: „Entweder kannten sich die beiden oder das Opfer war total überrascht worden und unfähig sich zu bewegen."

„Naja", verdeutlichte Jens, „Ich denke, ich hätte mich auch nicht bewegt, wenn mir jemand eine Pistole auf meinen Kopf richtet."

Er wischte sich erneut mit dem Kittelarm die Schweißperlen von der Stirn. Das flaue Gefühl im Magen änderte sich langsam in einen Blähbauch. Er trank einen Schluck aus seiner Wasserflasche, die er auf dem Nachbartisch abgestellt hatte.

Anschließend drehten sie den Körper vorsichtig auf die linke Seite. In der linken Kniekehle waren mehrere Blutergüsse unter der Haut, in Form einer rechten Hand zu sehen. Auch am Oberbauch waren Blutergüsse zu erkennen, die erst nach Eintritt des Todes hinzugefügt wurden. Das Opfer wurde also getragen, um danach auf dem Feld vergraben zu werden. Und die Hand war riesig. Jens hielt seine Hand an die Stelle mit den Blutflecken und Juliane staunte: „Mit der riesigen Hand muss der Täter mindestens ein Meter neunzig groß und kräftig sein", mutmaßte Juliane.

„Ist anzunehmen, denn er musste ja immerhin 65 KG bewegen", schloss Jens daraus.

„Ich denke, er kam dabei bestimmt ins Schwitzen. Wir sollten die Kleidungsstücke vom Opfer untersuchen lassen, ob dort andere DNA als seine eigene darauf zu finden ist. Da wir jetzt auch die Trageweise ermittelt haben, gehe ich erstmal davon aus, dass es nur einen Täter gibt, was meinst Du Juliane?"

„Kann sein, Jens. Aber das müssen wir nicht festlegen. Wir schreiben jetzt schnell den Bericht und senden ihn an Edmund per E-Mail. Das heißt, Du schreibst und ich diktiere, okay?"

Das Diktiergerät hatte heute wegen der leeren Akkus leider Pause. Somit blieb Juliane nichts Anderes übrig, als sich Stichpunkte während der Obduktion zu notieren.

„Kein Problem. Aber ich denke, wir sollten vorher die Leiche noch in die Kühlkammer schieben."

„Ja klar, auf geht's", ermunterte Juliane ihren Mitarbeiter.

„Was steht heute noch bei Euch an?", wechselte sie das Thema.

„Eigentlich wollten wir ins Kino, aber ich denke, Andrea darf nicht weg, solange der Mörder frei herumläuft."

„Das vermute ich auch. Ich gehe heute Abend eine Runde im Deister laufen, wenn du willst, kannst Du ja mitkommen." Insgeheim dachte sie aber, dass sie so vielleicht mehr Informationen über die Beziehung von Jens und Andrea erfahren könnte. Leider finden Andrea und sie nur noch wenig Zeit, um sich von Frau zu Frau zu unterhalten. Außerdem machte es zu zweit mehr Spaß zu laufen und sie fühlte sich dabei sicherer.

„Danke fürs Angebot. Aber ich fühle mich ein bisschen schwindelig und mein Bauch ist total aufgebläht. Ich schreibe erst mal Andrea an, wie es bei ihr vorangeht."

„Okay, mach das kurz und dann verfassen wir beide den Bericht."

„Eh, Juliane, ich gehe wohl doch lieber erst mal aufs Örtchen, komme gleich wieder", erklärte Jens und eilte davon.

„Beeil dich! Ich fange schon mal an", rief sie ihm nach, doch Jens war schon auf dem Flur.

Jens rannte zu den Toiletten. Er hatte das Gefühl, sein Bauch würde platzen. Er öffnete bereits im Laufen den Reißverschluss seiner Jeans, jedoch störte der Kittel ein wenig. Er polterte durch die Tür, an der ein kleines Männchen aus Holz im Matrosenlook andeutete, dass dieser Bereich für die männlichen Mitarbeiter vorgesehen ist.

Mit voller Wucht schwang die Tür auf, Jens stürzte in die erste freie Kabine, niemand sonst war anwesend. Er ließ seine Jeans fallen und schob den Kittel beiseite. Er hatte immer noch das Gefühl, er würde platzen, als ein stechender Schmerz ihn aufschreien ließ. Schweiß tropfte von seiner Stirn, sein Puls schnellte weiter in die Höhe, er versuchte seine Gedanken zu ordnen, aber das Einzige, was ihm in den Sinn kam, war der Stipps, den er vom Finger geleckt hatte.

„Oh Mist, war wohl doch kein …ahhhh…". Er verkrampfte, hielt sich seinen Bauch mit beiden Händen, fiel vom Toilettensitz auf den kalten Boden, musste sich übergeben und anschließend wurde bei ihm alles dunkel, genauso dunkel wie der Rübensaft.

Kap. 7: Sonntag, 13.10.1968, 21:04 Uhr

Vor gut einer Stunde hatte er seiner Frau Inge gesagt, dass er heute einen Sondertermin für den Ortsrat von Bredenbeck in Wennigsen wahrnehmen müsse.

„Es wird wohl später", sagte er zu ihr, als er gegen halb neun das Haus in der Deisterstraße verließ, um zur Gaststätte nach Wennigsen zu fahren.

Er bestellte sich ein Bier am Tresen. Genüsslich, auf einem Barhocker sitzend, trank er es langsam und schaute dabei den anderen Gästen im Lokal zu. Er hatte noch mehr als eine Stunde Zeit, um eine Strategie zu überlegen, wie er seinen Informanten überführen konnte.

„Könnte ja auch mein letztes Bier sein", kam es ihm in den Sinn. Aber darauf wollte er es nicht ankommen lassen. Er war jetzt gut vorbereitet und hatte herausbekommen, dass der andere ein doppeltes Spiel spielte, also doppelt kassierte. Deshalb wollte er ihn zur Rede stellen.

„Oskar, möchtest Du noch ein weiteres Bier?", erkundigte sich die nette Bedienung hinter dem Tresen, nachdem das erste Glas beinahe leer war.

„Ja, bitte. Eins darf ich noch", antwortete er mit einem Lächeln und verwickelte Sabine in ein belangloses Gespräch über Wetter und gab Antworten zu Ortsratsthemen. Sabine wohnte nur ein paar Straßen weiter in der Ortsmitte und kannte ihn schon ziemlich lange. Sie waren zusammen zur Schule gegangen und in der 7. Klasse hatten die beiden im Turnraum der Schule herumgeknutscht. Nach der Schule trennten sich ihre Wege, sie machte eine Ausbildung zur Wirtschafterin in Hannover, er übernahm die Tankstelle an der Argestorfer Straße, Ecke Wiesenstraße, hier in Wennigsen.

„So habe ich wenigstens ein Alibi, dass ich hier gewesen bin", dachte er. Es erschienen noch zwei Freunde vom Fußball in der Kneipe, gesellten sich zu ihm und erzählten vom Spiel letzten Sonntag. Bredenbeck spielte gut und erzielte ein 3:1 gegen Wennigsen.

Nach einer dreiviertel Stunde schaute er auf seine Uhr und brach die Unterhaltung schlagartig ab.

„Entschuldigt mich bitte, aber ich muss nun nach Hause", schwindelte er. Er verabschiedete sich um fünf vor halb zehn, bezahlte seinen Deckel und verließ das Lokal. Er stieg in seinen Wagen und fuhr los. Langsam steuerte Oskar seinen Ford über den schlechten Feldweg und parkte an der Rehrenborn-Quelle. Das Licht hatte er vorsichtshalber ausgeschaltet, um nicht gesehen zu werden. Dieser Rastplatz ist sehr idyllisch und bietet Spaziergängern und Wanderern eine Bank zum Ausruhen. Und aus dieser Quelle sprudelt frisches Wasser heraus, quasi aus dem Nichts.

Er stieg aus seinem Wagen, ging die letzten 100 Meter zu Fuß weiter und stand nun am Eingang vor einem Tunnel. Dieser führte unter der Bahnschiene der Strecke Wennigsen – Wennigser Mark hindurch. Er schaute auf seine Uhr. Zwei Minuten hatte er noch Zeit, dachte an eine Zigarette, aber verwarf den Gedanken, denn er wollte freie Hände haben. Kaum hatte er den Gedanken zu Ende gedacht, erschien am anderen Ende des Tunnels eine stattliche, schattenhafte Gestalt.

Keiner sprach ein Wort, aber er konnte sehen, dass sein Gegenüber eine Zigarette in der Hand hatte. Dieser zog noch einmal kräftig daran, die rote Glut erhellte das Gesicht des anderen und zeigte ihm eine gruselige Grimasse. Danach warf er die Zigarette zu Boden und trat mit dem rechten Schuh darauf, um die Glut zu löschen. Er startete langsam, um in den Tunnel zu gehen. Auch Oskar ging nun auf ihn zu. Die Spannung stieg und sein Herz schlug ihm bis zum Hals. An seiner Stirn bildeten sich augenblicklich kleine Schweißperlen.

„Guten Abend Oskar, was gibt es denn so Dringendes und dann noch hier unter der Eisenbahnschiene?"

Nachdem sie sich bis auf fünf Meter genähert hatten, stoppten beide. So ruhig wie möglich antwortete Oskar: „Der Ölpreis ist stabil." Daraufhin erwiderte Mischa: „Ich zahle bei Dir auch keinen Pfennig mehr dafür."

Es war ihr geheimer Erkennungssatz um sich gegenseitig als Agent auszuweisen.

„Hallo Mischa, was machen die Runkeln in Weetzen?"

„So langsam fahren wir die Maschinen hoch, wird ab jetzt schwieriger sich zu treffen."

„Ich habe gehört", fuhr Oskar fort, „dass Deine Reise nach Immrath ein voller Erfolg war. Der Flottillenadmiral hat gestanden und ist auf mysteriöser Weise ums Leben gekommen."

„Ja. Ich konnte vorher noch weitere Infos von ihm erhalten."

Oskar riss verblüfft die Augen auf, aber sein Gegenspieler konnte es durch die Dunkelheit im Tunnel nicht richtig erkennen.

„Und die lauten, wenn ich fragen darf?"

„Das darf ich leider nicht sagen, sonst müsste ich Dich kaltstellen."

Unbemerkt hatte Oskar seine kleine Pistole aus der rechten Jackentasche gezogen und der Umstand, dass es jetzt hier drin immer dunkler wurde, war jetzt sein Vorteil.

„Mischa, Mischa. Was sagst Du denn dazu, dass das IOC beschlossen hat, das Nationale Olympische Komitee der DDR mit eigener Flagge und Hymne zu den Olympiaden zuzulassen."

Damit war es raus, er hatte ihn als Doppelagent enttarnt. Mischa bemerkte es in einem Sekundenbruchteil und schnaufte jetzt wie eine Dampflok.

„Halt! Sonst hat Deine Jacke ein weiteres Knopfloch."

Er wollte gerade einen Schritt auf Oskar zumachen, da erkannte er schemenhaft die auf ihn gerichtete Pistole mit Schalldämpfer.

„Ach so ist das. Du wolltest gar nicht wissen, was in Immrath los war, sondern mich als einen Gegenspieler enttarnen. Du gemeiner Schuft."

„Wer wohl der größere Schuft ist, entscheiden demnächst andere. Ich möchte die zusätzlichen Informationen haben, von denen Du gerade gesprochen hast!"

„Nur über meine Leiche", antwortete Mischa und sprang auf Oskar zu. Da peitschte ein Schuss in seine Richtung, traf ihn aber nicht, da sich Mischa gleichzeitig auch nach rechts bewegte. Nun ging es zwischen den beiden Agenten um Leben und Tod. Oskar feuerte noch zwei Mal seine Waffe ab, traf ihn aber nicht mehr. Wie ein Wiesel sprang dieser von rechts nach links und wieder zurück. Er hatte Glück nicht getroffen zu werden, denn er war in dieser Beziehung viel besser trainiert als Oskar.

Mit voller Wucht traf Mischas Faust auf den mit Bier gefüllten Magen von Oskar. Er krümmte sich, ließ die Waffe fallen und ärgerte sich selbst darüber, zu viel davon getrunken zu haben. Seine Reflexe wirkten für ihn, als würde er in Zeitlupe auf seinen Gegner einschlagen. Doch der enttarnte, große, drahtige Kerl wehrte bereits den ersten Schlag mühelos ab und nahm ihn dann in den Schwitzkasten.

Die Waffe war jetzt ohne Licht nicht mehr auffindbar. Oskar stemmte sich ihm entgegen und brachte ihn zum Stolpern, sodass Mischa gegen die Tunnelwand gestoßen wurde. Mischas Kopf holte sich dabei eine Beule am Hinterkopf und sein Kinn krachte auf den Kopf des kleineren Mannes, aber den Schwitzkasten konnte Oskar damit nicht lockern. Er spürte, wie sein Blut an der Halsschlagader klopfte, um sein Hirn zu versorgen, aber es gelangte zu wenig Blut hindurch. Er merkte, wie er schwächer wurde und hörte schlagartig auf zu kämpfen, um seine Kräfte zu sammeln.

„Du bist ein Stümper, Oskar. Aber gut, da Du sowieso gleich Deinem Schöpfer gegenübertrittst, kann ich es Dir ja verraten. Am Mittwoch wird nicht nur der Vertrag in Prag unterzeichnet, welcher die Stationierung sowjetischer Truppen in der Tschechoslowakei erlaubt, sondern auch ein D-Zug von Frankfurt nach Paris wird bei voller Fahrt zum Entgleisen gebracht."

Oskar spürte wie der Doppelagent nun wieder mehr zudrückte und seine Luft immer knapper wurde. Mit letzter Kraft gelang es ihm, sein Jagdmesser, welches er an der linken Innenseite seiner Jacke befestigt hatte, zu ergreifen, um es seinem Gegner in seinen Bauch zu rammen. Dazu machte er eine halbe Drehung, damit er richtig zustoßen konnte. Die Umklammerung löste sich schlagartig und Mischa fiel nach hinten um. Er schrie mit wilden Flüchen auf den Messerstecher ein. Oskar selbst hielt sich seinen Hals und rang schweratmend nach Luft. Das schwindelige Gefühl, durch das fehlende Blut in seinem Kopf, ließ nach und kurze Zeit später beruhigte sich auch sein Puls wieder. Er brauchte einen kleinen Augenblick, um wieder klarer denken zu können.

„Du mieser Agent, aber es war das letzte Mal, Mischa Pankow, dass Du uns ausspioniert hast!"

Er holte sein Feuerzeug aus der Hosentasche heraus und klickte es an. In dem Moment, als der schwache Schein der Flamme den Tunnel erhellte, konnte er Mischa zuckend am Boden liegen sehen. Antworten war für

Mischa nicht mehr möglich, er spuckte Blut und verdrehte die Augen. Seine Arme und Hände waren blutverschmiert, entkrampften sich an der Einstichstelle und fielen links und rechts neben seinen Körper. Das Blut strömte noch ein paar Sekunden pulsierend aus der klaffenden Wunde heraus und durchtränkte Mischas Rollkragenpullover. Unter ihm bildete sich eine kleine Blutlache. Er war tot. Der Messerstich hatte wohl die Aorta getroffen.

Völlig unerwartet donnerte mit lautem Getöse ein Zug über diesen Tunnel. Oskar zog unweigerlich den Kopf ein, so laut war es hier nach der Todesstille. Aber es brachte ihn auf eine Idee und er dachte: „Der nächste Zug kommt erst in einer halben Stunde. Bis dahin bin ich hier weg und kann meine Vorgesetzten von dem Anschlag erzählen, vielleicht kann dieser ja noch verhindert werden."

Damit sein Anzug und Hemd nicht besudelt wurden, holte er zuvor rasch einen alten Friesennerz aus seinem Wagen und zog ihn über. Er zog Mischa an einem Arm aus dem Tunnel heraus. Anschließend beförderte er ihn die Böschung hinauf. Das war schwieriger als gedacht. Zwar war der Tote ziemlich schlank, aber trotzdem brauchte er gut 10 Minuten, um den leblosen großen Menschen auf das Gleis zu wuchten.

„So, den Rest erledigt der nächste Zug und ich bin fein raus, haha, dosvidanja Mischa!", durchdachte er verschmitzt und verließ schnell das Gleis.

Den Friesennerz wickelte er wieder in eine große Plastiktüte und verstaute diese in seinem Wagen. Danach fuhr er gelassen wieder nach Bredenbeck zurück, er wollte kein Aufsehen erwecken. Das kurze Telefonat mit seinen Vorgesetzten führte er in seiner Tankstelle. Dort war seit 18:30 Uhr niemand mehr. Denn zuhause konnte und wollte er nichts von seinem Agentenwesen preisgeben. Anschließend prüfte er im Hinterzimmer der Tankstelle seinen Anzug und Schuhe, ob doch irgendwo Blut zu sehen war. Seine Schuhe hatten einige Spritzer abbekommen und somit musste er sie erst reinigen, bevor er nach Hause fuhr. Sein Anzug war dank des Friesennerzes fleckenlos geblieben. Anschließend holte er das Messer und die Jacke aus seinem Wagen und reinigte beides mit viel Wasser in der Waschhalle.

Ziemlich genau um 22:00 Uhr betrat er sein Haus. Seine Frau war schon auf dem Weg ins Bett, nachdem sie sich allein einen Krimi im Ersten angesehen hatte.

„Ich bin wieder da", rief er ins Haus hinein.

„Ja, wie war die Besprechung, gibt es was Neues, was ich wissen muss?", antwortete sie aus dem Badezimmer.

Er ahnte schon, dass sie es dann gleich morgen der Nachbarin erzählen würde.

„Nichts von Bedeutung. Aber ich brauche noch ein paar Minuten im Arbeitszimmer, um es niederzuschreiben. Gute Nacht, mein Schatz."

„Mach nicht mehr so lange, morgen Abend hast du auch schon einen Termin", erinnerte sie ihren Mann.

„Ja..., leider." Dabei flüsterte er das Wort „leider" so leise, dass sie es nicht hören konnte.

Bevor er das Arbeitszimmer aufsuchte, ging er die Treppe hinunter in den Keller und zog sich eine Flasche Bier aus dem Kasten.

Das Arbeitszimmer war zwar nur knapp neun Quadratmeter groß, aber trotzdem stand dort ein selbstgebauter Schreibtisch seines Vaters, sowie der passende Stuhl dazu. Auf dem Schreibtisch lagen einige Rechnungen von der Tankstelle herum, die noch bezahlt werden mussten. In der hinteren Ecke stand ein schwerer Tresor. Diesen hatte er von der Zentrale der Ölgesellschaft für ein geringes Entgelt überlassen bekommen, um unter anderem die täglichen Einnahmen zu verwahren, bevor diese bei der ortsansässigen Bank eingezahlt werden konnten. Er öffnete den Tresor und versteckte dort seine Waffe, sowie sein Jagdmesser. Er nahm sich sein Oktavheft mit der Aufschrift „Sicherheit" heraus und trug die Erlebnisse von heute Abend in Stenografie hinein. Anschließend verschloss er es wieder im Tresor.

Nachdem er seine Bierflasche geleert hatte, ging er ins Bad, duschte sich rasch und war 15 Minuten später ebenfalls im Bett. Seine Frau war schon eingeschlafen. Als er im Bett lag, kamen ihm etliche Male die Bilder von Mischa im Tunnel wieder in den Sinn. Es dauerte noch weitere zwei Stunden, bis er endlich einschlief.

Plötzlich und völlig unerwartet rief jemand in weiter Ferne seine Stimme: „Oskar." Und wieder: „Oskar."

Er wollte seine Augen öffnen, aber es funktionierte nicht.

„Nun aber los, Oskar. Es ist bereits halb sieben. Du hast verschlafen!", weckte ihn seine Frau Inge lautstark und energisch.

Nun dämmerte es ihm. Langsam drehte er sich mit einem lauten Stöhnen auf den Rücken und startete einen neuen Versuch die Augen zu öffnen. Es gelang, aber sogleich verschloss er sie wieder, es war ihnen doch zu hell im Schlafzimmer.

„Ach herrje, ist die Nacht schon wieder vorbei?"

Er fühlte sich, als hätte er die ganze Nacht kein Auge zugemacht.

Seine Frau Inge kam ins Schlafzimmer, um Oskar nochmal ein bisschen anzutreiben.

„So nun aber los, mein Brummbär, ein Wunder, dass der Deister noch da ist. Du hast diese Nacht sehr laut geschnarcht. In einer Stunde musst Du die Tankstelle öffnen, weil bestimmt einige Autofahrer eine Zeitung bei uns kaufen wollen, gerade heute."

„Wieso, gibt es etwas Besonderes?", wollte Oskar wissen, wälzte sich langsam aus dem Bett und trottete müde in Richtung Badezimmer.

„Und ob, in Wennigsen hat sich jemand vor den Zug geworfen. War sofort tot, steht so jedenfalls in der Presse auf der ersten Seite und es war heute sogar schon im Radio in den Nachrichten zu hören."

Oskar durchzuckte es und augenblicklich war er hellwach.

„Na dann beeile ich mich mal. Bei so einer Schlagzeile stehen die Leute bestimmt schon bis zur Gärtnerei am Ortsausgang."

In Windeseile machte er sich im Bad frisch, rasierte sich und kam in Unterwäsche an den Frühstückstisch. Seine mit Öl beschmutzten Anziehsachen für die Tankstelle zog er erst danach im Keller an. Seine Frau war schon straßenfein herausgeputzt. Sie trug heute einen dunkelroten Faltenrock, dazu eine farblich passende bunte Bluse.

„Guten Morgen mein Schatz, du siehst heute wieder blendend aus", begrüßte er seine Ehefrau. Sie saß schon am Tisch und schenkte ihrem Oskar ein Lächeln.

„Tut mir leid, dass es gestern so spät geworden ist", entschuldigte er sich bei ihr.

„Schon gut, ich war gestern eh nicht in Stimmung, um mit Dir „*aufzutanken*". Heute Abend bist Du aber bitte früher zu Hause!", ermahnte sie ihn liebevoll und schaute ihm strahlend in die Augen. Denn beim Wort „*aufzutanken*" erfasste sie seine Hand und drückte sanft zu.

„Ja, aber acht Uhr wird es schon bei mir. Aber heute Mittag bin ich ja eine gute Stunde hier…", und grinste sie mit einem breiten Mund freundlich an.

„Nein, da geht's leider nicht, Du Wüstling. Ich habe doch heute einen Termin beim Frauenarzt in Gehrden, fahre schon vor 12 Uhr mit dem Bus dorthin. Aber keine Sorge, Dein Mittagessen ist, bis Du da bist, fertig auf dem Tisch."

„So, was gibt es denn?", versuchte er zu erforschen und trank nebenbei einen Schluck echten Bohnenkaffee. Sie konnten es sich leisten, die Tankstelle warf genug Geld für sie beide ab. Solange sie noch keine Kinder hatten, sparten sie eifrig, aber Bohnenkaffee, anstatt Muckefuck, dieser Luxus musste sein. Eigentlich warteten beide schon lange auf den ersehnten Kindersegen, aber irgendetwas funktionierte bei ihnen nicht, trotzdem gaben sie nicht auf.

„Wir haben noch ein Glas kleine Würstchen im Keller und Kartoffelsalat vom Samstag, das muss heute mal für Dich reichen. Aber lass mir bitte ein Würstchen über, ich esse es, wenn ich wieder zuhause bin, vermutlich so gegen 15:00 Uhr."

„Na, ob ich das schaffe?", meinte er und zwinkerte ihr verliebt zu.

„Hey, ich warne Dich", sie zog ihn dichter zu sich und küsste ihn sanft. Er erwiderte ihren Kuss, nahm seine rechte Hand und streichelte ihr Bein, angefangen am Knie, rutschte seine Hand wie von selbst immer höher.

„Halt Schluss jetzt, sonst vergesse ich mich und Du wirst heute keine Zeitung mehr verkaufen können." Sie lächelten sich zufrieden an und frühstückten nun. Oskar las nebenbei die Morgenpost mit der überdimensionalen Überschrift „**Selbstmörder auf dem Wennigser Gleis**". Den ganzen Artikel konnte und wollte er nicht hier lesen, dazu hatte er ja noch auf der Tankstelle Zeit.

Um viertel nach sieben ging er in den Keller, zog sich an und fuhr nach Wennigsen. Und in der Tat standen schon mehr als zehn Leute vor der Tankstelle und beide Tanksäulen waren auch schon mit wartenden Fahrzeugen besetzt. Sein Mitarbeiter Johann trug die heutigen Zeitungen schnell in den Verkaufsraum, nachdem Oskar die Tür geöffnet hatte. Zuvor schloss er die Tanksäulen auf und entschuldigte sich für die Verspätung. Er schaute auf seine Uhr und stellte fest, dass es erst zwei Minuten vor halb acht war. Die Tankstelle füllte sich schnell mit weiteren Käufern, viele wollten nur die Tageszeitung erwerben. Denn bis die Einkaufsläden in Wennigsen um 08:00 Uhr öffneten, hatten so etliche Mitbürger schon ihre Zeitung in der Hand oder gar schnell gelesen.

Kurz vor elf Uhr waren alle Zeitungen an der Tankstelle vergriffen. Zum Glück hatte Oskar seine Zeitung von Zuhause mitgebracht und konnte diese nun, nach dem zahlreichen Ansturm, in Ruhe lesen. Kein Wort von Spionage, alles wurde als Selbstmord dargestellt, das beruhigte ihn. Aber so ist das nun mal als Geheimagent, hätte er gezögert, würde er vielleicht heute in irgendeinem Graben oder gar auf den Gleisen tot herumliegen. In diesem Moment klingelte es in der Tankstelle, da ein Wagen an die Zapfsäule heranfuhr und wollte aufgetankt werden. Er schlug die Zeitung zu und packte sie in seine Arbeitstasche zurück.

Kap. 8: Donnerstag, 27.02.1969, 21:27 Uhr

Heute dauerte die Ortsratssitzung in Wennigsen nur bis kurz nach 20:00 Uhr, zu der auch die Mitglieder aus Bredenbeck eingeladen waren. Nachdem Oskar sich von seinen Kollegen und Mitstreitern im Rathaus verabschiedet hatte, fuhr er noch mal zu seiner Tankstelle, um bei der Spionagezentrale zu erfragen, ob es etwas Neues gab. Aber außer der Info, dass es aufgrund des Besuches von US-Präsident Nixon, eine antiamerikanische Demonstration in Rom gab, die knapp 120 Verletzte forderte und fast 200 Demonstranten durch die italienische Polizei festgenommen wurden, ereignete sich nichts Wichtiges aus Sicht des Bundesnachrichtendienstes.

„Also dann endlich nach Hause", dachte er und war frohen Mutes durch die freudige Nachricht seiner Inge.

Er war gerade im Begriff die Tankstelle abzuschließen, als er einen harten Gegenstand in seinem Rücken spürte, den Lauf einer Pistole.

„Nicht so schnell mein Freund. Ich will noch Wodka kaufen, ist doch bästimt noch möchlich", erkundigte sich der Unbekannte hinter ihm mit ausländischen Akzent. Oskar ahnte sofort, dass es ein Russe war.

Er drehte seinen Kopf, um den Gegner zu sehen, aber der Druck im Rücken erhöhte sich: „Keine falsche Bewegung, sonst trägst Du ab morgen den Spitznamen *Siebeinsatz*. Allerdings wäre jede Kugel für dich reine Verschwendung."

Er hatte keine Chance. Er musste die Tür wieder aufschließen und den Unbekannten hineinlassen. Dieser ging dicht hinter ihm und steuerte ihn am Tresen vorbei in die dahinterliegende Werkstatt. Oskar suchte nach einer Möglichkeit den „Russen" loszuwerden, aber er wusste auch, dass dieser nicht zögern würde, ihm eiskalt in den Rücken zu schießen, also blieb ihm erst einmal nichts Anderes übrig, als auf die Forderungen einzugehen.

„Hinsetzen!", befahl der Russe, gleichzeitig stieß er ihn unsanft zu Boden. Oskar stürzte auf sein linkes Knie und schrie einen Fluch aus und drehte sich zu dem Unbekannten um.

„Du verdammtes Russenschwein, was soll das?"

„Na, na, na. Ich denke, ich stelle mich erst mal vor, bevor wir „*Blutsbrüderschaft*" trinken. Ich habe mir erlaubt, eine Flasche Wodka aus deinem kleinen Einkaufsladen zu nehmen, denn wir sollten feiern."

„Was gibt es denn zu feiern?", wollte Oskar nun wissen. Im selben Moment traf ihn ohne Vorwarnung die linke Faust seines Gegenüber mitten ins Gesicht und Oskar schrie kurz auf. Blut rann augenblicklich aus seiner Nase, die er sich mit seinen Fingern wieder zurechtrückte.

„Sei still, ich stelle hier die Fragen", schnaufte der Russe ihm entgegen und legte danach sein süßestes Lächeln auf, sodass seine gelben Zähne zum Vorschein kamen.

„Ich heiße Vladimir, mehr musst du nicht wissen. Wir hatten einen gemeinsamen Freund, der leider bei einem Zugunglück ums Leben kam. Mischa. Schade um ihn, aber nun wir wollen auf ihn trinken. Wenn ich also bitten darf!" Er drehte die Flasche für Oskar auf und befahl, „Du zuerst, aber bitte nicht so kleinlich sein, ist genug für alle da, wenn nicht nehmen wir die nächste aus deinem Repertoire!"

„Und wenn ich nicht will, ich muss noch mit dem Auto fahren", antwortete Oskar, um Zeit zu schinden.

„Dann muss ich dich leider gleich erschießen. Du hast die Wahl, oder besser, Du hast keine Wahl."

Oskar überlegte fieberhaft, ihm rannen die Schweißtropfen aus seinem Nacken den ganzen Rücken hinunter, aber er konnte hier am Boden nichts entdecken, womit er Vladimir die Pistole aus der Hand schlagen konnte. Also setzte er die Flasche an, nippte jedoch nur daran, in der Hoffnung, ihm würde gleich etwas einfallen.

„Das war zu wenig, also nochmal, wir üben das solange, bist Du es kannst!"

Oskar setzte die Flasche wieder an und nahm diesmal einen kräftigen Schluck und schüttelte sich anschließend, Wodka war nun mal nicht Bier.

„Weiter, los Du schaffst das! Versuch den Rest der Flasche leer zu trinken!"

Oskar versuchte sein Möglichstes, aber er hatte keine Wahl. Das Spiel wiederholte sich noch ein paar Mal.

Langsam merkte er den Alkohol, wie dieser in seinem Kopf die Nervenbahnen durcheinanderbrachte. Er musste sich konzentrieren, wenn er hier lebend herauskommen wollte.

Als die erste Flasche endlich leer war, schob ihm der Russe eine weitere in seine Richtung. Oskar bemerkte, dass es nun immer schwieriger wurde, Vladimir im Auge zu behalten und fing beim Sprechen an zu lallen.

„Schmeckt jaah immer bescher, könnte ich mich dran gewöhnen", damit wollte er seinen Feind beruhigen, aber er musste sich beeilen, der Alkohol benebelte seine Sinne immer mehr.

„Sehr schön. Nun bin ich dran. Ach nein, ich muss noch fahren, also trinkst Du für mich."

Oskar musste weitertrinken, aber er ließ einen Rest im Mund und spuckte den Wodka in Vladimirs Richtung, in der Hoffnung, seine Augen zu treffen. Gleichzeitig sprang er gekonnt auf die Beine. Erschrocken feuerte Vladimir einen Schuss auf Oskar ab, traf ihn zum Glück nicht, weil er sich vor den Spritzern wegdrehte.

„AHHHH, Du blöder Russe", fluchte er in lallender Weise und stürzte sich auf ihn. Doch seine Reaktionen waren nun doch zu langsam und unkontrolliert, sodass Vladimir einfach ausweichen konnte. Er stolperte, der Russe drehte sich herum und schlug mit der Pistole auf Oskar ein. Wie ein Blitz durchzuckte es ihn, er taumelte und schlug hart mit der Schläfe gegen die Metallkante der Hebebühne. Danach gingen bei ihm alle Lichter aus.

Kap.9: Dienstag, 16.10.2018, 18:29 Uhr

Edmund Schaft saß an seinem Schreibtisch und studierte seine E-Mails, als sich der Raum langsam füllte. Andre und Andrea standen schon vor der Magnetwand, an der bisher noch kein Foto angepinnt war. Nur der Name des Opfers stand auf einem quadratischen, roten Moderationszettel. Achim Bär war der nächste im Raum. In der linken Hand umfasste er einen großen Pott mit duftendem Kaffee. Michael und Heinrich folgten. Juliane war noch nicht zu sehen. Edmund vermisste ihren Bericht.

„Ohne diesen Bericht wird es wohl eher eine kurze Besprechung", dachte er.

„So, nun lasst uns starten!"

Er erhob sich von seinem Stuhl und musste sich seinen Kopf halten. Jetzt kamen auch noch leichte Kopfschmerzen zu den Schmerzen der immer größer werdenden Beule am Hinterkopf dazu.

„Wir wissen zumindest schon mal den Namen des Opfers, Rainer Pflug. Wir haben seine Wohnung untersucht und es kamen einige Dinge zum Vorschein, die uns eventuell zum Täter führen könnten", begann Edmund, „Andrea und Andre fangt ihr bitte mal an."

Andre ging auf die Tafel zu und pinnte einen weiteren Zettel mit Magneten an.

„Wir, Andrea und ich, haben zum einen den Namen des Fahrers der Rüben-Verlade-Maus. Eine kurze Befragung hat aber keine wichtigen Informationen geliefert, außer, dass er nichts Verdächtiges beim Verladen der Rüben entdeckt hat", erklärte er und nickte Andrea zu.

Andrea erklärte daraufhin: „Die Informationen von Herr Eber ergaben, dass er seinen Mieter seit Samstagnachmittag nicht mehr gesehen hatte. Rainer grüßte ihn freundlich mit einer Zigarette in der Hand von seinem Balkon aus. Das war so gegen 15:00 Uhr. Danach schaute er als begeisterter Fußballfan in den Fernseher." Anschließend pinnte sie ebenfalls seinen Namen an.

„So, da ich noch keinen Bericht über die Obduktion bekommen habe, was von Juliane ungewöhnlich ist, bitte ich Heinrich fortzufahren", äußerte sich Edmund leicht angesäuert.

„Wir hatten mehrere Befragungen. Als Erstes mit dem Landwirt Tobias Feile, dem Besitzer des Feldes, auf dem, ach ne, in dem die Leiche vergraben wurde. Er war am Samstagabend auf einer Jahreshauptversammlung der Feuerwehr als Protokollführer. Er wirkte sehr, ich möchte mal sagen, reserviert und hatte sich nur gewundert, dass Rainer Pflug nicht anwesend war. Seine Frau Katja war sehr traurig und hat geheult wie ein Schlosshund. Allerdings erfuhren wir den Grund dafür, in unserer zweiten Befragung bei einer älteren Dame", und er nickte Michael zu, um anzudeuten, er möge etwas dazu sagen.

„Also, die *Dame* heißt Elvira von Gräffken und ist die Schwiegermutter von Tobias Feile. Sie beschuldigt ihren eigenen Schwiegersohn als Täter." Er machte bewusst eine Pause, um den Satz wirken zu lassen.

„Frau von Gräffken hat ausgesagt, dass Tobias Feile eine dreiviertel Stunde nicht bei der Jahreshauptversammlung anwesend gewesen ist. Er sei total verschwitzt ins DGH zurückgekommen. Des Weiteren hat sie uns erzählt, dass ihre Tochter Katja, die eigentlich etwas Besseres verdient hätte als einen Landwirt, seit mehreren Monaten ein Verhältnis mit dem Opfer gehabt haben soll. Am Samstagmorgen hat sie es ihrem Mann gebeichtet. Er soll ihr gegenüber handgreiflich geworden sein, so die Aussage der Schwiegermutter. Heinrich und ich konnten die blauen Flecken an ihrem Arm deutlich erkennen."

Michael machte eine kurze Pause und blätterte in seinem Notizbuch.

„Bei unserer letzten Befragung, dem Fahrer des Rübenroders, gibt es nicht viel zu berichten. Ihm ist nichts Besonderes aufgefallen. Aber wenn ihr mich fragt, ich finde es komisch, wieso jemand eine Leiche vergräbt und anschließend die Rüben wieder genau darüber hineinsteckt."

„Das kann nur bedeuten, dass der Täter nicht gewusst hat, wann das Feld gerodet werden sollte", meinte Edmund.

„Oder", mischte sich nun Andrea ein, „Der Täter wusste es und will so die Schuld von sich weisen. Ich denke, der Umstand, dass Tobias Feile wusste, dass seine Frau ihn betrügt, beziehungsweise betrogen hat, beschert ihm gleichzeitig auch ein Motiv. Wäre nicht das erste Mal, dass jemand aus Eifersucht irrational handelt. Und Zeit hatte er am Samstag auch genug, die Tat zu begehen und abends als Alibi einfach die Jahreshauptversammlung vorzuschieben. Und nun hörten wir gerade, dass er etwas weniger als eine Stunde nicht da war. Für mich ist das Verhalten sehr verdächtig."

Edmund fasste sich an die Schläfe und stöhnte leicht auf: „Aua, nun fängt es auch noch an zu pochen. Also, ich stimme den Ausführungen auch zu. Ich musste die Balkontür zur Küche bei dem Gewitter schließen. Somit war die Wohnung nicht verschlossen. Achim kannst Du bitte fortfahren, mir wird ein wenig schwindelig", und er setzte sich auf einen Stuhl, den Andre ihm heranreichte.

„Mein Team und ich haben etliche Spuren in der Wohnung gefunden, die noch nicht abschließend untersucht worden sind. Aber so viel wissen wir. Das Kaliber ist 9 mm. Im Wohnzimmer wurde wohl der Kopf mit Sirup, in Anführungsstrichen, „verschönert". In der Küche hat Edmund den halbleeren Eimer und im Badezimmer ein besudeltes Handtuch gefunden. Genaue Analyse fehlt jedoch noch. Der Sirup im Eimer stammt von dem Bruder des Opfers, Martin Pflug. Ein Fußabdruck am Feldrand wurde auch gefunden und mit Gips ausgegossen. Der komplette Bericht wird aber erst morgen früh fertig."

„Ist aber zu dumm, dass Julianes Dossier noch nicht da ist. Scheint wohl schwieriger zu sein als angenommen."

„Soll ich mal in der Pathologie anrufen?", interviewte Andrea ihren Chef, als im selben Moment das Telefon auf Edmunds Schreibtisch klingelte. Er stand langsam auf und torkelte von der Besprechungsecke langsam dorthin und eröffnete das Zwiegespräch per Telefon.

„Hauptkommissar Schaft."

Nach einer kurzen Pause zog er eine Grimasse, um seiner Anruferin spüren zu lassen, dass er sauer war, auch wenn sie es nicht sehen konnte.

„Na endlich Juliane, wie lange müssen wir denn noch auf den Bericht ..." Edmund brach seinen Satz ab.

„Okay, erzähl, wie schlimm ist es?"

Juliane erklärte etwas und er brachte anschließend nur ein einziges Wort heraus: „Schei...benhonig."

Während Juliane am anderen Ende schnell die wichtigsten Dinge aufzählte, schaute Edmund wie von selbst auf Andrea. Sie kannte ihren Chef genau und ahnte, dass etwas Furchtbares passiert sein musste. Sie zog ihr Handy heraus und schaute nach, ob sich Jens gemeldet hatte.

„Nichts da!", murmelte sie leise.

Kurze Zeit später beendete Edmund das Telefonat freundlicher, als er es begonnen hatte: „Danke Juliane, ich veranlasse alles andere. Tschüss."

Er ging wieder zurück zur Magnetwand und ausnahmslos alle Augenpaare starrten ihn gespannt an.

„Also, Heinrich und Michael nehmen Tobias Feile vorläufig fest. Ich will ihn hier zu der Sache befragen. Im Moment steht er an Platz eins der Verdächtigen. Andre,

Du bleibst hier und überprüfst die Telefongespräche von Tobias und Katja, inklusive deren Handys, lass Dir im Eilverfahren eine Erlaubnis geben!"

„Okay, geht an."

„Und was soll ich tun?", meinte Andrea enttäuscht.

„Du wirst ab jetzt von diesem Fall abgezogen und ich suspendiere, nein beurlaube Dich hiermit für zwei Tage! Gib mir deine Waffe!"

„Was soll denn das, was habe ich denn gemacht?"

„Nichts! Aber in diesem Fall brauche ich Mitarbeiter, die emotional und geistig voll auf der Höhe sind."

„Aber das bin ich doch!", meinte sie schon nahezu weinerlich, denn sie verstand die Welt nicht mehr. Sogar die anderen Kollegen standen fassungslos im Raum.

„Ich denke, gleich nicht mehr", merkte er an und setzte seine traurigste Miene aufs Gesicht, die Andrea je bei ihm gesehen hatte.

„Es geht um Jens! Alle verlassen bitte mein Büro und warten draußen, außer Achim, danke."

Kap.10: Freitag, 31.08.2018, 22:06 Uhr

Helmut Stange saß zusammengesunken auf einem alten Plastikstuhl in der Intensivstation des Krankenhauses und dachte über sein bisheriges Leben nach. Ab und an schaute er auf die Anzeigen der Geräte, die die Lebensfunktionen seines Vaters überwachten. Puls 68, Blutdruck alles in Ordnung, wurde als grün auf dem über seinem Bett hängenden Monitor angezeigt. Die Ärzte erklärten ihm, dass es schlecht um seinen Vater stand, zu viele organische Störungen seien in seinem Körper, die das Herz sprichwörtlich langsam in die Knie zwangen. Ständig piepste etwas in diesem Raum, sei es, weil alles okay war, oder weil es eine Messstörung gab.

Helmut war enttäuscht von Gott, weil er auch noch seinen Vater zu sich holen wollte. Aber noch war er hier. Seine Mutter war vor gut zwei Jahren in die Ewigkeit gegangen. Zuvor stellten die Ärzte einen massiven Krebsbefall fest und die anschließende Chemotherapie schwächte ihren Körper zu stark. Geholfen hat es auch leider nichts mehr. Zu viele Metastasen hieß es damals vom Arzt, Operation nicht mehr möglich.

Plötzlich änderten sich die Töne auf den Monitoren und Dieter Stange öffnete seine Augen, drehte den Kopf in Helmuts Richtung und sprach ihn leise an.

„Helmut?"

„Ja Paps, ich bin hier. Wie geht es Dir jetzt nach dem Nickerchen?"

„Naja, auch nicht viel besser, fühle mich richtig schlapp. Ich werde es nicht mehr lange machen, mein Junge. Allerdings muss ich Dir noch etwas sagen, was Du bisher nicht wusstest."

„Aber ich weiß doch schon alles. Du oder Mama habt mich immer von der Schule abgeholt. Habt mich gefördert und seid nie verzweifelt, wenn ich mal jemanden in der Schule verdroschen habe, weil dieser mich wegen meiner großen Füße gehänselt hatte. Ich konnte in deiner Transportfirma arbeiten, was anderes blieb auch nicht übrig, als ich mit 30 Jahren aus dem Knast kam. Ich wurde von allen, mehr oder weniger, gemieden. Nur Ihr habt mich bis heute behütet und beschützt, dafür möchte ich mich bei Dir bedanken."

Er konnte es nicht fassen. Er, der gut zwei Meter groß ist und kräftig gebaut obendrein, saß hier am Bett seines totkranken Vaters und heulte ihm die Ohren voll. Er zog sich sein Taschentuch heraus und wischte sich die Augen trocken, mit den Worten: „Ach Paps, ich würde Dir gern helfen, aber ich bin nun mal kein Arzt. Und die Ärzte hier geben sich wirklich alle Mühe, Dir das Leben zu erhalten."

„Helmut, ich bin nicht so wichtig, meine Zeit ist bald um. Es geht um **Dich**. Bitte höre mir zu und unterbrich mich jetzt nicht."

Dieter Stange machte eine kurze Pause, um Luft zu holen. Daraufhin blinkten einige Lämpchen am Bildschirm rot auf.

„Das Wichtigste zuerst. Wenn Du später nach Hause kommst, gehe bitte ins Wohnzimmer an den Bücherschrank, such das Buch „*Die Abenteuer des Tom Sawyer & Huckleberry Finn*" und ziehe es heraus. Hast Du mich verstanden?"

Er musste husten. Weitere Lämpchen änderten die Farbe von grün auf orange.

„Ja, ist gut, aber warum?"

„In diesem Buch ist etwas enthalten. Schau es Dir an. Aber bitte nicht böse sein, dass ich es Dir verheimlicht habe. Nun ist es jedoch an der Zeit, Dir zu sagen: Ich und Helga waren nie deine leiblichen Eltern, wir haben Dich adoptiert. Aber wir haben Dich immer so geliebt und behandelt, als wärst Du unser eigenes Kind. Bei uns hat es nie mit eigenen Kindern funktioniert, wenn Du verstehst, was ich meine."

Helmut starrte seinen Vater mit weit geöffneten Augen an und verhörte ihn: „Wieso erst jetzt?"

„Schau Dir das Buch an und alles, was da enthalten ist, wird Dich aufklären. Aber, bitte nicht böse sein und erst recht nicht werden!", ermahnte er Helmut und hielt seinen Zeigefinger drohend hoch.

„Papa, Du bist krank und ich werde Dich auch noch verlieren, was soll ich dann ohne Dich machen?"

„Sei froh mit dem, was Du hast!", erklärte er ihm, „Versprich mir, dass Du vernünftig bleibst und ..."

In diesem Moment blinkten plötzlich alle Lampen wie wild am Monitor auf, ein lautes akustisches Signal ertönte, Herzstillstand. Helmut sprang auf und schrie: „PAPA, bleib bei mir!"

Aus dem Nebenzimmer kamen mehrere Schwestern und ein Arzt herbeigeeilt.

„Zur Seite, schnell!", befahl der Arzt. Inzwischen erschien noch ein zweiter Arzt und gab Kommandos, die er nicht verstand. Sie versuchten noch per Defibrillator das Herz seines Vaters wieder zum Schlagen anzuregen, um ihn am Leben zu halten, aber das Herz war einfach zu schwach. Somit blieb ihnen nach fünf Minuten erfolglosem Wiederbeleben nichts weiter übrig, als Helmut das Beileid auszusprechen. Eine Schwester strich dem Toten über die Augenlider, um sie zu schließen. Leider konnten die Ärzte nichts mehr für Dieter Stange tun und ließen ihn mit seinem Sohn allein.

„Sie können sich so lange von ihm verabschieden, wie Sie wollen", erklärte Schwester Magdalena ihm, „Wir warten draußen."

Helmut brauchte eine halbe Stunde bis die letzte Träne geweint war. In seinem Bauch war ein Gefühl aus Traurigkeit und Wut. Die Wut in ihm versuchte die Gefühle der Traurigkeit zu überholen, aber Helmut war stark genug, um ihr Einhalt zu bieten. Wie in Trance verließ er das Krankenhaus und fuhr nach Hause, nachdem er sich von der Schwester, die in der Anmeldung der Station ihren Nachtdienst versah, verabschiedet hatte. Nach einer kurzen Fahrt schloss er seine Haustür auf. Es ist ein zweistöckiges Haus, seine Eltern bewohnten die untere Etage. Die obere Wohnung war sein Reich. Er trat in die untere Wohnung seiner Eltern ein. Er schaute auf seine Uhr und stellte fest, dass es nicht mal eine Stunde her war, dass er noch mit seinem Paps geredet hatte. Für ihn war er sein Papa, auch wenn er adoptiert wurde. Wie von selbst ging er ins Wohnzimmer und zog das besagte Buch aus dem Bücherschrank heraus. Er schlug die erste Seite auf und schaute auf ein vergilbtes Foto, dass seinen Vater zeigte, der mit einem anderen Mann freundlich in die Kamera blickte. Er drehte das Bild um. Kein Name, kein Datum, nur zwei Großbuchstaben waren darauf geschrieben. M. + D. stand in Bleistift geschrieben auf der Rückseite.

„Wer ist bloß der andere Mann?", fragte er sich. Helmut wollte das Buch zurückstellen, aber er konnte hinter der Lücke des Buches eine Art Schalter erkennen.

„Sieht aus wie ein Lichtschalter", sprach er zu sich und drückte darauf. Ein Motor summte und das Regal öffnete sich einen Spalt. Helmut drückte die geheime Tür vorsichtig auf und trat in den kleinen Raum ein. Er musste sich bücken, um nicht an der Türzarge mit dem Kopf anzustoßen.

Dieser Raum hatte keine Fenster, nur eine einfache Glühbirne hing an der Decke herunter und erhellte das Zimmer spärlich. An den Wänden hingen teilweise Fotos und Zeitungsausschnitte herum, die er nicht richtig deuten konnte. In der einen Ecke stand eine Art Werkbank, elektronische Bauteile lagen darauf herum. Darunter ein sehr alter Kanister mit der Aufschrift „ACH-TUNG GIFTIG!". Er schüttelte den annähernd leeren Behälter und schraubte den Verschluss vorsichtig auf, um daran zu riechen. Aber das angebliche Gift roch nach nichts. Er verschloss den Behälter wieder und durchsuchte das Zimmer weiter. Er entdeckte eine alte Holzkiste, die eher wie eine Schatzkiste aus dem 18. Jahrhundert wirkte, mit dem typischen runden Deckel und Metallverschlüssen, die jeweils mit einem Metallnagel verschlossen waren. Innerhalb der Kiste entdeckte er eine alte Pistole mit der passenden Munition, sowie etliche Stangen Dynamit, einen Wecker und Zündschnüre.

„Das Material reichte ja, um eine Bombe zu bauen, aber wieso sind diese Sachen hier, hier in dem Haus meines Vaters?", rätselte Helmut. Er schaute sich weiter im Raum um und beschloss erst einmal die Zeitung an den Wänden zu inspizieren. Alle waren aus dem Oktober und November 1968. Aber sie ergaben für Helmut keinen Sinn, er hatte aber nun langsam eine Vermutung. Doch im selben Moment, als er es dachte, schüttelte er den Kopf.

„Das darf doch nicht wahr sein. Das gibt es doch nur im Kino."

Auf dem Tisch in der Mitte des Raumes lag ein verschlossener Umschlag mit der Aufschrift „Für Helmut", sonst nichts weiter. Auf der Rückseite stand ein Datum: 27.06.2017.

„Also hat Paps den Brief schon vor über einem Jahr geschrieben, sehr merkwürdig", dachte er.

Neugierig öffnete Helmut ihn, setzte sich auf einen alten Holzstuhl, der, aufgrund seines Gewichtes, verdächtig knarrte und las die geschriebenen Zeilen durch. Aber er konnte es nicht begreifen oder wollte es einfach nur nicht wahrhaben. Er las ihn dreimal hintereinander durch und verglich beim letzten Mal die Daten im Brief mit den Zeitungsausschnitten an den Wänden.

Plötzlich wurde ihm das Gesamtbild deutlich. Nachdem er den Brief ein viertes Mal gelesen hatte, ballte er seine Faust und die Wut wurde so stark, dass die Traurigkeit über den Verlust seines „Vaters" keine Chance mehr hatte, diese im Zaum zu halten. Zusätzlich beschlich ihn ein weiteres Gefühl neben der Wut, es war nichts, was sich mit Gott vereinbaren ließ. Die Sehnsucht nach Rache. Und er war froh, dass er von seinem „Paps" kein Versprechen brechen musste. Und die Worte „Sei zufrieden mit dem, was Du hast!" verblassten bis zur Unkenntlichkeit in seinem Gedächtnis.

Juliane saß im Nebenraum der Pathologie und tippte eifrig auf der Tastatur die Feststellungen der Obduktion von Rainer Pflug in ihren Laptop. Hier war es wenigstens ein bisschen wärmer als in der kalten Halle. Sie schaute auf die große Wanduhr und stellte fest, dass Jens schon mehr als sieben Minuten weg war. Ärgerlich redete sie im Selbstgespräch: „Und ich darf wieder alles allein machen, na warte, wenn…"

Das Telefon klingelte und unterbrach ihre verärgerten Gedanken. Am anderen Ende meldete sich eine bekannte Stimme aus dem Labor. Sie kannte den Laboranten, er hatte sie schon häufiger angerufen. Und sie kannte seinen Body, athletisch gut gebaut, die ideale Körpergröße zum Anschmiegen. Mit ihm könnte sie sich auch eine feste Beziehung vorstellen. Aber sonst kommt er doch immer persönlich vorbei, um ihr die Ergebnisse zu bringen. Also legte sie eine gewisse Art der Enttäuschung in ihre Stimme und merkte an: „Guten Abend Lorenzo, nun bin ich aber enttäuscht, dass Du mich heute nicht besuchst, um mir die Analyse zu bringen."

„Eh, wie bitte? Na klar, mache ich doch gern, aber heute ist es brandeilig. Achtung, der Rübensaft war nicht nur mit Blut und Hirnmasse vermischt, sondern enthält eine hohe Konzentration Gift. Genauer gesagt, E605. Also nicht damit in Berührung kommen und wenn, sofort mit viel Wasser von der Haut runterwaschen."

Juliane stockte der Atem. Lorenzo bemerkte es und bohrte bei ihr nach einer Antwort: „Hast Du mich verstanden, Juliane?"

„Ja, leider! Ruf sofort die Ambulanz an. Sie sollen zur Herrentoilette im Untergeschoss kommen, ich befürchte, Jens Zündel hat vorhin etwas abbekommen, schnell!"

Sie knallte den Hörer auf die Gabel, rannte zum Giftschrank, der neben der Tür aufgehängt war und nahm zwei Spritzen mit Atropin heraus. So schnell sie konnte, rannte sie den Flur entlang, am Ende links, danach rechts und stieß die Tür auf. Erschrocken, aber auch gefasst sah sie, wie Jens ohnmächtig am Boden lag. Grünes Erbrochenes schimmerte auf dem Fußboden vor seinem Mund. Urin hatte seine Jeans ein wenig durchdrängt und sein Darm hatte sich auch entleert. Es stank erbärmlich. Juliane nahm die Kappe von der ersten Spritze ab und stieß diese in seinen linken Oberschenkel. Die Feder in der Ampulle schnellte durch den Druck auf den Oberschenkel heraus und spritzte das Gegengift innerhalb eines Sekundenbruchteils in den Körper. Erst danach tastete sie seinen Puls.

„Schwach, unregelmäßig, Mist!"

Sie injizierte ihm die zweite Spritze. Draußen im Gang hörten sie die Rollliege über den Flur fahren und die herbeistürmenden Rettungsmediziner riefen nach ihr.

„HIERHER, SCHNELLER!"

Der Notarzt öffnete als Erster die Tür und rümpfte seine Nase. „Was ist passiert?"

„Vergiftung durch Parathion, also E605. Aufnahme durch die Haut und heute Mittag, wegen Unwissenheit, durch verschlucken. Atropin intramuskulär verabreicht, zweimal 1ml als Sofortmaßnahme, hier sind die Spritzen für das Protokoll. Puls schwach und unregelmäßig. Aufnahme auf die Intensivstation. Patient ist Jens Zündel, seine Daten gebe ich später durch. Bitte komplett waschen, wenn möglich. Vor allem seinen rechten Arm, aber Achtung, die rote Stelle hier ist kontaminiert."

Sie zogen Jens komplett aus und steckten alle Anziehsachen in eine große blaue Plastiktüte. Für ethische Bedenken war jetzt keine Zeit, ab nun war er ein Patient, der, wenn das Atropin nicht hilft, die nächsten Stunden nicht mehr überleben würde.

Der Arzt gab über sein Sprechfunkgerät die nötigen Anweisungen an die Station durch. Juliane war den Tränen nah, denn so, wie Jens hier verkrampft gelegen hatte, wusste sie, dass seine Chancen sehr gering waren, lebend aus dem Krankenhaus herauszukommen.

In Windeseile schoben die Sanitäter Jens, nur mit einem Laken bedeckt, in die Intensivstation. Juliane verließ mit hängendem Kopf den verdreckten Ort und telefonierte an einem stationären Telefon im Flur nach einem Reinigungsdienst.

Beim Eintritt in ihr Büro schaute sie Lorenzo mehr oder weniger mitleidig an.

„Tut mir leid für Jens. Wird er durchkommen?"

„Weiß nicht, sieht schlimm aus."

Wie von selbst ging sie auf Lorenzo zu und umarmte ihn, legte ihren Kopf an seine muskulöse Brust und fing an zu schluchzen. Vorsichtig und schüchtern umarmte Lorenzo Juliane und sie hatte das Gefühl, als würden zwei Flügel sie umranken. Schätzungsweise zwei Minuten standen sie beide so da, als sich Juliane endlich von ihm löste.

„Danke, das habe ich jetzt gebraucht."

„Gern gemacht und gerne wieder", und er versuchte ein kleines Lächeln.

Sie musste nun auch schmunzeln und zwinkerte ihn freundlich an: „Ich komme drauf zurück, aber lass mich erstmal meine Hände waschen, sonst infiziere ich Dich auch noch. Bringst Du mir die kompletten Ergebnisse?"

Lorenzo wollte erst auf das Wort „infiziere" eingehen, aber sprach nur ein „Ja!" zu ihr. Aber in seinen Gedanken sauste das Wort von einer Gehirnhälfte zur anderen und er wusste, dass er schon jetzt von ihr „total infiziert" war.

Juliane bedankte sich bei ihm und drückte seine Hand zum Abschied, obwohl sie mehr gebrauchen konnte als nur einen Händedruck. Lorenzo erahnte ihre Gedanken und ging mit geröteten Wangen aus dem Zimmer. Sie zog das Telefon heran und rief bei Edmund im Büro an. Nach dreimaligem Klingeln nahm er ab.

„Hallo Edmund. Hier ist Juliane Mo...", und hörte, wie der Angerufene sauer ins Telefon sprach.

„Halt den Mund, Edmund. Entschuldigung, aber Jens Zündel liegt auf Intensiv, also hör mir bitte erstmal zu."

Edmund antwortete: „Okay, erzähl, wie schlimm ist es?"

„Erstmal die Fakten. Das Opfer ist per Kopfschuss erschossen worden. Der Tod trat unmittelbar ein. Alles andere normal, außer dem Sirup. Er ist mit Parathion, auch bekannt unter E605, stark vergiftet." Am anderen Ende der Leitung brachte Edmund nur ein Wort heraus: „Schei…benhonig."

„Jens ist auf der Toilette zusammengebrochen, ich konnte ihm Atropin spritzen, ob es wirkt, weiß ich nicht. Sein Leben hängt am seidenen Faden und jemand hat schon die Schere angesetzt und langsam zusammengedrückt. Es war schlimm ihn so zu sehen. Wenn Du mich fragst, wird Andrea bestimmt zusammenbrechen, wenn sie es erfährt. Alles Weitere steht im Bericht, schreibe ich gleich fertig und sende ihn Dir dann zu. Ich wollte nur schon mal vorab per Telefon informieren."

Edmund überlegte kurz, bedankte sich und beendete das Gespräch.

Juliane musste nun noch mal an Jens denken, aber sie wusste, dass er in guter Betreuung war.

Anschließend tippte Juliane die Ergebnisse in den Laptop. Eine halbe Stunde später war der Bericht fertig und sie drückte auf den Sendeknopf. Sie wollte Andrea eine Nachricht schreiben, aber verdrängte den Gedanken.

Sie nahm Jens Jacke vom Haken der Garderobe und fuhr in die Intensivstation. Sie wollte sie ihm bringen, damit er sie hat, wenn er das Krankenhaus, hoffentlich lebend, wieder verließ.

„Andrea, Andrea, wach auf!"

Achim schlug ihr mehrere Male sanft auf die linke Wange, um sie wieder zurückzuholen. Nachdem ihr Edmund die traurige Geschichte erzählt hatte, sackte sie auf dem Stuhl zusammen. Achim konnte sie gerade noch auffangen, Blackout.

„Wo bin ich?", erkundigte sie sich benommen und gleich darauf beschwerte sie sich, „Aua, was soll denn das?"

Sie strich sich über ihre Wange.

„Immer noch in meinem Büro", antwortete Edmund. Selbst er hatte nicht mit dieser Reaktion von ihr gerechnet. Andrea ist eine starke Persönlichkeit, aber die Tatsache, dass sie so zusammenbricht, zeigte ihm, dass sie in Jens sehr verliebt sein musste.

„Sorry, Andrea, aber ich wusste selbst nicht, wie ich es Dir schonender beibringen sollte", entschuldigte sich Edmund.

„Ist schon okay", und heulte nun los, „Ich möchte zu ihm, geht das?"

„Klar. Wie gesagt, Du bekommst zwei Tage frei. Gib deine Sachen ab, zieh dich um und fahr zu Jens. Oder soll Dich jemand fahren?"

„Nein, geht schon wieder, aber ich brauche jetzt erst mal ein Glas Wasser, mir ist ein bisschen schlecht."

Achim stand auf und ging in die „Teeküche", in der schon die nächste Kanne Kaffee für die Kollegen der Nachtschicht aufgebrüht wurde, holte für Andrea eine ganze Flasche Wasser und nahm ein Glas aus dem Hängeschrank.

„Hier bitte. Trink erst mal was, dann wird es besser", und reichte ihr das Glas. Sie trank es in einem Zug leer.

„Aber nun frage ich Euch, was soll denn das? Wieso wird E605 in den Sirup eingerührt? Das Opfer wurde doch erschossen?", gab Andrea zu bedenken.

„Das gilt es herauszufinden, aber ohne Dich! Du kümmerst dich bitte um Jens, er braucht jetzt jemanden an seiner Seite. Und wir finden den Mörder für dich", erläuterte Edmund.

„Ja, okay. Du hast Recht Edmund. In meiner jetzigen Verfassung wird es schwierig, klar zu denken und zu handeln. Aber…"

„Kein „ABER"! Ich hoffe, wir können den Mörder und Giftmischer innerhalb kürzester Zeit fassen, haben ja etliche Hinweise und es sind ja noch nicht alle Ergebnisse auf meinem Tisch gelandet. Mach Dir also keinen Kopf. Ich verzichte auch nicht gern auf deinen Instinkt. Nun aber los, beeil dich, Jens wartet bestimmt schon. Und bestell ihm „Gute Besserung" von uns allen."

„Danke Edmund", antwortete Andrea und verließ das Büro. Achim und Edmund schauten ihr nach und beide hofften für Andrea, dass Jens noch am Leben war.

„So, Achim. Hol mir bitte den Rest der Mannschaft noch mal herein. Und ich brauche Melanie Treucke auch kurz hier."

Achim erhob sich und zwei Minuten später standen alle an der Magnettafel und Edmund erzählte die Story mit dem Gift für alle anderen. Nachdem er geendet hatte, sprach er Melanie zuerst an.

„Frau Treucke, können Sie bitte mal im Archiv nachsehen, was sie über die Brüder Pflug herausbekommen? Die Namen der beiden erhalten Sie von Michael. Danke."

„Aber ich habe in ein paar Minuten Feierabend", gab sie zu bedenken.

„Können sie heute mal ein paar Minuten länger arbeiten? Ich brauche die Info. Sonst hätte ich Andrea darauf angesetzt."

„Okay, für Jens und Andrea spendiere ich noch eine halbe Stunde", und Melanie spurtete aus dem Büro hinaus.

„So, Ihr wisst, was zu tun ist. Achim, bleib bitte kurz hier. Ich brauche dich wegen meiner Verletzung am Kopf. Wir müssen noch eine Unfallmeldung absetzen. Möglichst ohne Nennung der Puppe, das glaubt mir sowieso keiner."

„*Kein Problem*", meinte Achim und grinste wie ein Honigkuchenpferd.

Zur selben Zeit fuhr Andrea bereits in Richtung MHH. Erst nach zwanzig Minuten war sie dort, weil ein LKW-Unfall einen Stau auf der B6 Richtung Anderten erzeugte und es nur im Schneckentempo voranging. Leider war sie schon auf der Hochbrücke, direkt über der Hildesheimer Straße, als sie den Stau bemerkte. Sonst hätte sie die B6 verlassen, um durch die Stadt zur MHH zu gelangen. Nun war sie endlich da, parkte ihren Kleinwagen und ging durch den Eingang hindurch zur Anmeldung. Dort wartete Juliane schon auf sie. Andrea telefonierte sie bereits vor der Fahrt per Handy an.

„Hallo Juli, wie geht's ihm jetzt?"

„Hallo Andrea. Ich würde lügen, wenn ich Dir sagen müsste, es geht ihm gut. Die Chancen stehen im Moment leider schlecht, aber er ist ein starker Bursche, das wird schon."

Glaubte sie selbst, was sie da von sich gab?

„Kann ich zu ihm?"

„Na klar, ich habe alles arrangiert, komm wir gehen. Bitte hier entlang!"

Sie trotteten den Gang entlang zum Fahrstuhl. Juliane hatte einen Schlüssel, somit fuhr der Fahrstuhl, ohne irgendwo zu halten, in eins zur Intensivstation durch.

Ohne ein Wort zu sagen, gingen sie weiter, bis ins Zimmer, wo Jens allein unter Beobachtung, durch mehrere angeschlossene Geräte, lag. Als Andrea ihn ansah, musste sie weinen und setzte sich ganz dicht neben ihm auf sein Bett.

„Darf ich seine Hand halten?"

„Jetzt ja, da er komplett gewaschen wurde besteht keine Gefahr mehr."

Behutsam nahm sie seine Hand und streichelte sie sanft. Jens atmete ruhig ein und aus. Vor einer halben Stunde wurde auf den Monitoren mehrmals ein Atemstillstand festgehalten, nun war es ein wenig besser geworden, aber Juliane verschwieg es ihr lieber.

„Juli, kannst Du mir erklären, wieso der Sirup vergiftet wurde?"

„Nein, kann ich auch nicht. Aber ich habe mal im Studium erfahren, dass früher das Gift geruchs- und geschmacksneutral war und gern als Selbst- und, oder Fremdtötung, auch im Familienkreis, benutzt wurde. Deshalb hat man das Gift später auch mit einem stechenden Aroma und Knoblauchgeschmack versehen sowie gelbbraun gefärbt, um es im Essen sofort zu erkennen. In unserem Fall war es aber nicht zu riechen und durch den nahezu schwarzen Sirup nicht zu erkennen, also muss es sehr alt sein. Dieses Gift, auch als Rattengift bekannt, sollte langsam und möglichst zeitversetzt wirken, damit die klugen Tiere den Köder nicht meiden. Es wirkt auch als Kontaktgift und darf daher nicht mit der Haut in Berührung kommen. In einem zurückliegenden Fall aus dem Jahre 1982 wurde einem Ehemann das Gift zur Mittagszeit in einer Mahlzeit gereicht und bewirkte dann erst abends den Tod. Der zeitliche Verzug ist auch bei Jens so aufgetreten. Zum Glück konnte ich ihm sofort Atropin spritzen. Allerdings darf Atropin ja auch nicht in größerer Menge gegeben werden, da sonst ebenfalls eine toxische Wirkung eintritt. Aber ich denke und hoffe, in diesem Fall hat es Jens das Leben gerettet. Aber noch ist er nicht über den Berg. Er muss hier noch ein paar Tage unter intensivmedizinischer Beobachtung bleiben."

„Ja, verstehe und danke für Deine schnelle Hilfe."

Juliane sagte jedoch nichts mehr. Insgeheim ärgerte sie sich ein wenig, dass sie die Symptome bei Jens nicht gleich erkannt hatte.

„Andrea, ich muss nun los. Ich habe eine kurze Besprechung im Labor und bin dann weg. Ist das okay für Dich?"

„Ja klar, ich bleibe, so lange ich kann."

„Hier wissen alle Diensthabenden Bescheid, wer Du bist. Und solange Jens so ruhig schläft, ist alles gut. Bis morgen, Anni."

„Bis morgen, Juli."

Andrea schaute auf ihr Handy, um die Uhrzeit abzulesen, 19:58 Uhr war darauf zu lesen.

Sie streichelte seine Hand. Jetzt, wo sie allein mit ihm war, fing sie an zu reden.

„Hallo, mein Süßer. Ich hoffe, Du kannst mich hören. Ich bin es, Andrea. Ich liebe Dich. Bitte werde wieder gesund, ich halte es ohne Dich nicht mehr aus. Und denk dran, Du bist mir noch eine Antwort schuldig, von heute Morgen! Erinnerst Du Dich? Ich will eine Antwort auf meine Frage: „An was denkst Du?" Deine Antwort war nicht richtig. Ich habe es gespürt. Also werde schnell wieder gesund und dann verspreche ich Dir, was immer Du willst."

Plötzlich vibrierte ihr Handy in der Tasche. Sie nahm das Gespräch an, flüsterte aber leise hinein: „Hallo, was gibt's?"

„Hallo Frau Hellwisch, hier ist Melanie Treucke. Wollte mich erkundigen, wie es Ihnen beiden geht?"

„Das ist aber lieb. Danke, es scheint eigentlich alles ganz ruhig, aber Juliane meinte, er braucht noch ein paar Tage."

„Ich habe noch eine Info für Sie."

„Können wir das nicht lassen, Du kannst mich duzen, Melanie."

„Okay, Andrea, ich bin Melanie, kurz Mel."

„Was gibt es denn so Wichtiges, Mel?"

„Auch, wenn Du beurlaubt bist, habe ich eine Info für Dich. Das Opfer und der Bruder sind Zwillinge und haben sich vor knapp einem Jahr zerstritten. Es stand sogar in der Zeitung. Es ging um den Hof, den Martin heute bewirtschaftet. Rainer hatte seine Ansprüche angemeldet, aber wegen eines Formfehlers im Testament, aus dem Rainer ausgeschlossen werden sollte, galt wieder die normale Erbfolge und Rainer musste von Martin ausbezahlt werden. Seitdem ist Martin stinksauer auf seinen Bruder, weil er ihm immerhin 750.000 Euro überweisen musste. Außerdem gibt es bei ihm Sirup im Hofladen zu kaufen, soll der Beste im Umkreis sein."

Bei dem Wort Sirup zog sich der Magen von Andrea zusammen.

„Und wieso erzählst Du mir das? Bist Du etwa noch in der Zentrale?"

„Nein, ich bin eben erst nach Hause gekommen, habe heute extra für Dich und Jens eine Überstunde gemacht. Und ich erzähle Dir das, damit Du auf dem Laufenden bleibst. Die Info habe ich vorhin auch dem Hauptkommissar gegeben. Ich denke, dass damit ja ebenfalls bei dem Bruder ein Mordmotiv vorhanden ist."

„Das könnte sein. Und dann die Sache mit dem Gift." Sie schaute auf Jens und das Gefühl in ihrem Magen wurde nicht besser.

„Vielen Dank, Mel. Wenn's wieder etwas Neues gibt, melde Dich bitte, am besten per SMS, ich rufe dann zurück. Schönen Abend noch und bis demnächst."

„Bis dann, tschüss Andrea."

Sie legte das Handy auf die nahe Fensterbank und widmete sich wieder Jens. Sie wollte gerade seine Hand streicheln, als ein lautes Signal ertönte. Der Monitor zeigte rotblinkend an, dass Jens einen Atemstillstand hatte. Sein Puls schnellte in die Höhe und ebenso schnell erreichten die Schwestern das Zimmer.

„Achtung, weg da. Es ist ernst, Defibrillator, 200 Joule."

Andrea wollte helfen, durfte aber nicht, und seine Hand konnte sie auch nicht mehr festhalten.

„Aber wieso? Sein Puls ist doch zu schnell", dachte sie, doch im selben Moment zeigte sich eine Nulllinie auf dem Bildschirm und ein Dauerton bestätigte seinen Herzstillstand.

„Oh mein Gott, bitte nicht!"

Kap.13: Dienstag, 16.10.2018, 20:01 Uhr

Heinrich und Michael zerrten Tobias Feile ins Präsidium. Lautstark schrie er die ganze Abteilung zusammen: „Fassen Sie mich nicht an, ich verklage Sie alle. Ich bin unschuldig."

Heinrich und Michael hatten ihn vom Pflügen des Feldes abgehalten und dort vor Ort vorläufig festgenommen. Auch dort beschwerte er sich bereits lautstark, als Michael ihm die Handschellen anlegen wollte. Schließlich ist alles bei Tobias zeitnah getaktet und die irrsinnige Verhaftung erschien ihm mehr als absurd. Während der Fahrt wetterte er wie verrückt auf der Rückbank herum: „Das wird Ihnen noch leidtun, ich will meinen Anwalt sprechen. Wieso darf ich nicht mit meiner Frau telefonieren?"

Die beiden Kommissare antworteten jedoch nicht. Sie kannten solche lautstarken Töne und waren bei weitem viel Schlimmeres gewöhnt. Nur als der Landwirt sie beide als inkompetente Bullen in seiner Wut betitelte, drehte sich Heinrich herum, ermahnte ihn mit den Worten: „Wenn Sie jetzt nicht ruhig sind, oder wenn sie uns weiter beschimpfen, bekommen Sie eine Anzeige wegen Beamtenbeleidigung. Und dagegen kann ihr Anwalt auch nichts mehr ausrichten."

Heinrich hatte diese Drohung so sanft und mit einem ruhigen Ton zu Tobias gesagt, dass sich bei Michael die Nackenhaare sträubten. So kannte er ihn nicht. Sonst ist er immer sehr schnell auf einhundertachtzig, aber diese ruhige Stimme ließ selbst ihn erschauern, soviel Kraft war darin enthalten. Die Warnung hatte angehalten, bis sie alle drei in das Präsidium eintraten.

Sie steuerten mit ihm den Vernehmungsraum an und baten ihn sich zu setzen. Anschließend ließen sie ihn allein und verließen den kargen Raum. Selbst im angrenzenden Flur hörten sie ihn jetzt wieder lautstark fluchen. Edmund kam ihnen schon entgegen, um den Festgenommenen zu verhören.

„Sollen wir ihn noch ein bisschen zappeln lassen?", befragte Edmund seine Kollegen.

„Ich denke nicht", erwiderte Heinrich, „Je schneller wir ihn vernehmen, desto besser."

„Okay. Hol Dir einen Kaffee und komm bitte wieder zurück, ich warte so lange. Wir machen die Befragung gemeinsam! Michael bleibt bitte hinter dem Spiegel als Beobachter!"

Zwei Minuten später traten die beiden in der Raum ein und setzten sich dem Bauern gegenüber an den Vernehmungstisch, auf dem das Mikrofon stand. Inzwischen war Tobias mucksmäuschenstill auf seinem Stuhl, aber sein rechtes Bein wippte wie wild auf und ab. Von den beschmutzten Gummistiefeln bröckelten langsam Erdklumpen herunter. Das Mikrofon wurde angeschaltet.

„Guten Abend Herr Feile, so schnell sehen wir uns also wieder. Mein Kollege Oberkommissar Hoelst hat noch ein paar Fragen an Sie."

Heinrich war erstaunt, damit hatte er nicht gerechnet. Edmund zeigte ihm einen Zettel, Heinrich nickte und startete die Vernehmung.

„Wieso haben Sie die Jahreshauptversammlung verlassen?"

Tobias Augen wurden schmaler und er sah beinahe wie ein eingedeutschter Chinese aus.

„Hat ihnen bestimmt meine *liebe Schwiegermutter* erzählt, nicht wahr?"

„Beantworten Sie bitte meine Frage!", ermahnte Heinrich sein Gegenüber.

„Naja, ich kann und will es nicht leugnen. Ich habe das Lokal vor der Versammlung verlassen. Aber nur, um zu prüfen, wo Rainer bleibt. Ich bin mit meinem Fahrrad zu ihm in die Bergstraße gefahren und habe dort geklingelt, aber niemand hat geöffnet. Anschließend bin ich zu mir gefahren, weil ich vermutete, dass...", Tobias verstummte und Heinrich redete einfach für ihn weiter.

„..., dass sich Rainer mit Ihrer Frau einen geselligen Abend macht, während Sie auf der Jahreshauptversammlung verweilen, richtig?"

Tobias senkte seinen Kopf wie ein begossener Pudel und nickte leicht. Heinrich wartete und ließ ihm Zeit.

„Können sie bitte laut antworten, wir nehmen ihre Aussage auf Band auf und nicken hört man nicht, danke."

„Ja, ich war genau aus dem Grund noch mal losgefahren. Meine Frau hatte mir von dem Verhältnis zu Rainer erzählt und ich war richtig sauer, auf beide."

„Und deshalb haben sie ihn umgebracht und im Rübenfeld verschachert?"

Tobias sprang wie von der Tarantel gestochen auf und schaute die beiden Kommissare mit großen Augen an. Seine Antwort verfasste er jedoch im ruhigen Ton.

„Nein, ich habe Rainer nicht getötet, auch wenn ich anfangs wütend war. Ich habe ihn wirklich am Freitag zum letzten Mal persönlich gesehen."

Er setzte sich wieder auf den Stuhl.

Edmund zeigte seinem Freund einen weiteren Zettel, damit er weitermachen konnte.

„Herr Feile, können Sie uns sagen, wo sie zwischen 17:00 Uhr bis 19:30 Uhr am Samstag, den 13. Oktober gewesen sind?"

Tobias hob den Kopf und wischte sich mehr oder weniger ordinär mit dem Handrücken den Tropfen von der Nase und berichtete: „Ja, kann ich. Meine Frau und ich waren bei meiner Schwiegermutter. Katja hatte ihr erzählt, dass ich sie im Affekt geschlagen hatte. Das Gespräch diente auch als Aussprache zwischen mir und Katja. Nach etwas mehr als zwei Stunden haben wir uns gegenseitig entschuldigt und uns, mehr oder weniger, wieder versöhnt, was meiner Schwiegermutter bestimmt nicht gefallen hat."

Edmund und Heinrich schauten sich an. Heinrich holte einen Schlüssel aus der Hosentasche und schloss die Handschellen auf.

„Wieso haben sie uns das nicht gleich am Feldrand erzählt, dann hätten sie sich die vorläufige Festnahme erspart. Sie können gehen, denn ihre Aussage stimmt. Ihre Katja und auch Frau von Gräffken haben genau dasselbe ausgesagt. Wir haben sie unabhängig voneinander per Telefon befragt, als Sie mit dem Trecker ihren Acker bearbeitet haben. Außerdem ist ihr Freund laut Gerichtsmedizin in genau diesem Zeitraum getötet worden, leider hatten wir diese Information erst kurz vor Ihrer Befragung erhalten."

Edmund räusperte sich: „Eine Frage habe ich aber dennoch, Herr Feile. Was wissen Sie von Martin Pflug?"

„Rainer und Martin waren seit über einem Jahr zerstritten und seit ein paar Monaten sprechen die beiden Brüder nicht mehr miteinander. Warum? Hat Rainer mir nie ganz erzählt, nur so ein paar Kleinigkeiten. Es ging wohl um eine Erbschaftssache, stand auch in der Zeitung. Aber Rainer hat nie großspurig darüber geredet und mit Martin hatten Katja und ich keinen Kontakt."

„Vielen Dank für Ihre Aussage. Oberkommissar Hoelst fährt sie selbstverständlich jetzt wieder nach Hause." Edmund schaltete das Mikrofon aus. „Bitte bleiben Sie kurz noch hier sitzen, wir kommen gleich wieder!"

Ermutigt vom Ende der Befragung meldete sich Tobias nun doch noch mal zu Wort, um zu fragen: „Kann ich denn wenigsten einen Kaffee mit Milch und Zucker bekommen? Meine Arbeitszeit verlängert sich heute wohl leider bis nach Mitternacht."

„Selbstverständlich."

Heinrich winkte in Richtung Spiegel und Michael brachte dem „Gast" einen Augenblick später, wie gewünscht, einen großen Becher. Nachdem Tobias tief den Kaffeeduft eingeatmet hatte, trank er ihn hastig leer und hoffte wieder schnell auf seinem Trecker zu sitzen.

In der Zwischenzeit beratschlagten Edmund, Heinrich und Michael die nächsten Schritte in diesem turbulenten Fall. Edmund startete als Erster.

„Gut gemacht, mein Freund. Ruhig und sachlich den Verdächtigen vernommen. Aber, er ist nicht der Täter, soviel steht fest. Das Alibi ist hieb- und stichfest."

„Danke Edmund, sehe ich auch so. Nun kommt aber in meinen Augen der Bruder dichter ins Täterprofil. Hat Frau Treucke schon etwas herausgefunden?"

Edmund fing an zu grinsen: „In der Tat, ja. Sie hat den Zeitungsartikel gefunden, in dem der Streit der beiden Brüder geschrieben steht."

Michael verbesserte Edmund: „Es sind Zwillinge. Haben Heinrich und ich heute Nachmittag bei der Personenabfrage herausbekommen. Hatte ich vorhin in der Besprechung vergessen. Naja, die Sache mit Jens hat mich auch betroffen gemacht, armer Kerl."

„Das stimmt, Michael. Hier noch eine Info für Euch. Andre hat die Recherche der Handynummern von Katja und Tobias abgeschlossen. Auch die stimmen zu den Aussagen von Herrn und Frau Feile. Kein Anschluss beim Opfer. Keine Antwort per SMS oder anderen Diensten sind bei den Beiden eingegangen. Insofern hat Tobias Feile die Wahrheit gesagt. Du kannst ihn jetzt nach Hause fahren", bat Edmund und zeigte mit dem Finger auf Heinrich.

„Okay. Und was passiert dann?"

„Michael und Andre fahren jetzt zum Bruder des Opfers, Rainer Pflug, Adresse habe ich an die Pinnwand geheftet. Ihr teilt ihm mit, dass sein Bruder nicht mehr lebt und befragt ihn. Das Übliche halt, wo gewesen, Alibi und so weiter. Allerdings überlege ich, ob es nicht besser ist, ihn gleich hierher zu holen. Falls er der Täter ist, kann er uns wenigstens nicht mehr weglaufen. Immerhin sind knapp 750.000 Euro, die im Zeitungsartikel genannt wurden, kein Pappenstiel. Und mit dem Tod seines Bruders und keinen weiteren Verwandten, erbt er plötzlich alles wieder zurück. Das sollten wir überprüfen!"

Heinrich und Michael staunten nicht schlecht über die Schlussfolgerung ihres Chefs.

„Grandios Edmund", lobte Michael, „damit haben wir ein besseres Motiv bei Rainer Pflug als bei Tobias Feile. Ich nehme ihn dann also vorläufig fest, nachdem wir ihm die traurige Nachricht eröffnet haben."

„Ist wohl wirklich das Beste. Also los, auf geht's. Heinrich, Du kommst anschließend sofort wieder zurück, es wartet dann noch eine weitere Vernehmung auf Dich!"

Zeitgleich schaute Helmut Stange eine kurze Sondersendung auf dem dritten Programm. Dort wurde das aktuelle Tagesgeschehen gezeigt. Gespannt starrte Helmut auf seinen Fernsehbildschirm.

Der Sprecher kommentierte die spärlichen Bilder mit: „Über die Hintergründe des grausamen Fundes ist leider nicht mehr bekannt. Der Tote wurde wohl erschossen. Die Pressestelle der Polizei aus Hannover gibt zu diesem Zeitpunkt keine weiteren Details heraus. Die Ermittlungen laufen auf Hochtouren. Aber die Frage stellt sich, wieso jemand sich die Mühe macht, das Opfer auf einem Rübenacker zu vergraben."

„Ha, ich kann es Euch sagen. RACHE!"

„Einmal Currywurst mit Pommes für den Herrn und einen Bauernsalat mit Hähnchenbrust für die Dame, richtig?", fragte die Kellnerin Maike. Sie war die gute Seele in der Knochenbar und kannte viele Besucher persönlich.

„Richtig. Und ich hätte gern noch ein alkoholfreies Bier!"

„Und ich möchte gern ein Wasser, Maike. Einen zweiten Sekt möchte und darf ich nicht mehr."

„Geht klar", und sie tippte die Bestellung in Ihr Auftragsgerät. Sofort wurde die Bestellung per Funk an die Bar übermittelt und sie erkundigte sich geschäftseifrig bei den Gästen am Nachbartisch, ob noch etwas an Getränken gewünscht wird.

„Guten Appetit wünsche ich Dir."

„Wünsche ich Dir auch Lorenzo. Schön, dass Du spontan für mich Zeit hast. Der Tag war ja auch Stress pur und allein hätte ich bestimmt nichts herunterbekommen."

Seine Wangen fingen an, rot zu schimmern. Er steckte schnell ein Stückchen Wurst in den Mund, in der Hoffnung, Juliane würde es nicht auffallen.

„Kein Problem. Ich konnte auch nicht aus dem Labor weg, bis ich meine Analyse beendet hatte. Zum Glück bin ich nicht für alles zuständig. Tanya ist bestimmt noch nicht fertig und darf Überstunden aufschreiben. Mein Kontingent ist schon voll für diesen Monat."

„Das kann ich mir vorstellen."

„Hoffentlich kommt Jens durch diese Nacht", wechselte er das Thema, auch wenn es kein Schönes war.

„Ich denke schon. Vorhin hat er ganz friedlich geschlafen, als ich mich auf den Weg zu Dir ins Labor gemacht hatte. Andrea ist bestimmt noch bei ihm. Aber nun essen wir erstmal in Ruhe weiter. Lass uns nicht mehr von der Arbeit sprechen, okay?", forderte Juliane ihn freundlich auf.

„Klar, kein Problem", antwortete er und schob sich zwei Pommes Frites Streifen genüsslich in den Mund.

„Und danke, dass Du die Getränke übernimmst, Juliane. Aber warum sitzen wir nun wirklich in der Knochenbar herum?"

„Ich wollte nicht allein essen und Dich einfach mal richtig kennenlernen. Wir arbeiten täglich zusammen, aber wir wissen nichts voneinander. Außerdem als kleine Wiedergutmachung für meine spontane Umarmung."

„Okay, was möchtest Du denn von mir wissen? Ich bin 1,82 groß, 32 Jahre alt, gehe ab und zu ins Fitnessstudio und habe Schuhgröße 45. Wohne mit meiner Freundin in Langreder, das liegt bei Barsinghausen am Deister."

„Wirklich? Das gibt es doch nicht, ich wohne direkt in Basche, in der Nähe vom Bahnhof", verdeutlichte Juliane und starrte Lorenzo mit großen Augen an.

„Doch, es stimmt, bis auf den Teil *mit meiner Freundin* stimmt alles", und grinste verschmitzt.

Julianes Augenzüge entspannten sich und beide mussten schmunzeln: „Du Schuft hast mich reingelegt."

„Ja, kann schon sein, aber…"

Lorenzos Miene wurde nun schlagartig ernst und er erwiderte: „Du hast mich heute „infiziert", Juliane. Ich will ehrlich sein. Seit Deiner Umarmung heute Nachmittag, war ich völlig durch den Wind. Ich musste sogar eine Spektralanalyse wiederholen, weil ich ein Reagenzglas versehentlich mit dem Greifer zerdrückt hatte, als ich an Dich dachte."

„Das arme Reagenzglas", erklärte Juliane mitleidig und schüttelte ihren Kopf.

„He, spiel keine Spielchen mit mir!", forderte er sie auf und schaute strafend in ihre Richtung.

Sie schob sich ein kleines Stück Hähnchenbrust in ihren Mund, zwinkerte ihm zu und erklärte seelenruhig: „Iss weiter, Lorenzo. Der Abend ist noch nicht zu Ende. Wie wäre es mit einem Kaffee bei Marylin?"

Lorenzo entspannte sich wieder und antwortete: „Okay, kein Problem, trinke gern nach dem Essen einen Espresso. Ist „Marylin" eine Bar oder so was Ähnliches in Basche? Habe ich noch nie gehört."

„Nee, anders. Sie wohnt bei mir."

Ach so, Du stehst also eher auf …" weiter kam er nicht, denn Juliane hob ihren Zeigefinger an ihren Mund und meinte: „Pscht. Lass dich überraschen. Aber erst essen, denn ich weiß nicht, wann es wieder etwas geben wird."

Nun glühten Lorenzos Wangen feuerrot und es war nicht vom scharfen Ketchup. Zum Glück stellte Maike ihm ein neues kühles Bier auf seinen Deckel.

Seit halb zehn saßen Michael und Andre in ihrem Dienstwagen und beobachteten die Eingangstür von Martin Pflug in Ihme-Roloven. Sie hatten vom Nachbarn erfahren, dass Martin heute zu einem Geburtstag in Arnum eingeladen war. Sie versuchten ihn per Handy zu erreichen, bekamen jedoch nur eine automatische Ansage.

Der Nachbar erzählte ihnen weiterhin, dass er selten nach 22:00 Uhr nach Hause kommt, da er seinen Hofladen morgens ab acht Uhr öffnen würde. Somit blieb den Beamten nichts weiter übrig, die letzten 20 Minuten zu warten. Michael versuchte eine Unterhaltung zu starten, um die Zeit herumzubekommen.

„Ach Andre, was ich Dich schon immer fragen wollte. Wie gefällt es Dir eigentlich hier in diesem Präsidium nach dem letzten Jahr?"

„Alles super. Andrea und ich auf Streife funktioniert hervorragend. Wir ergänzen uns prima. Und dadurch, dass sie mit Jens befreundet ist, komme ich wenigstens nicht in Versuchung, sie anzubaggern. Sie ist aber auch eine „scharfe Schnitte". Kein Wunder, dass Jens …" er brach ab und schaute Michael vom Beifahrersitz aus seitlich an.

„Ich weiß, was Du denkst. Ich hoffe auch, dass die Ärzte ihn wieder aufpäppeln können."

„Und wie geht es Dir? Oder hast Du Sehnsucht nach Wennigsen zurückzugehen?"

„Hm, schwierige Frage. Also zuerst muss ich sagen, dass ich mit Heinrich sehr gut zusammenarbeiten kann. Mit allen anderen von unserer Dienststelle komme ich auch klar. Was ich jedoch von unserem Nachfolger in Wennigsen gehört habe, benötigt er wohl ein bisschen mehr Zeit, um sich in die neue Dienststelle einzugewöhnen. Wir treffen uns regelmäßig zum Fußballschauen in der Kneipe oder bei ihm zuhause. Ich glaube, er ist froh, jemanden zu haben, mit dem er sich mal austauschen kann. Ich würde ihm gern auch beruflich mehr beistehen können, denn ich denke, er fühlt sich dort ein bisschen einsam. Vielleicht sollte ich mal mit Edmund darüber sprechen."

Andre musterte ihn von der Seite und konnte feststellen, dass Michael ihm gegenüber irgendetwas verschwieg. Er kannte ihn seit mehreren Jahren und ahnte, dass mehr dahintersteckte, als nur Fußball schauen. Er ließ sich jedoch nichts anmerken.

„Was hältst du eigentlich von Melanie Treucke?", wollte Andre von seinem Freund wissen.

„Ganz nett die Kleine, aber nicht meine Kragenweite. Hast Du etwa ein Auge auf sie geworfen?" wollte Michael von ihm wissen, obwohl er sich die Frage selbst beantworten konnte.

„Eigentlich nicht", druckste Andre herum, „Wie kommst du denn da drauf?"

„Ha, Du brauchst mir nichts vorzumachen. Ich sehe doch, wie Du um sie herumtänzelst, wenn sie mal in der Küche oder am Kopierer herumsteht. Ich kann die Uhr danach stellen. Es dauert keine 30 Sekunden, dann bist Du, natürlich rein zufällig, auch gerade dort. Also keine Ausflüchte, mein Freundchen."

Andre senkte den Kopf und meinte leicht verärgert: „Verdammt, war es so offensichtlich?"

„Ist nicht nur mir aufgefallen." Er lächelte ihn freundlich an, „Aber, meinen Segen habt ihr!"

Genau in diesem Moment bog ein Wagen auf den Bauernhof und blendete sie, weil der Fahrer das Fernlicht eingeschaltet hatte. Als er den Passat mit dem Polizeilogo auf der Motorhaube erkannte, bremste er stark ab, der Wagen kam ins Stottern und blieb in der Einfahrt stehen. Der Fahrer startete seinen Wagen wieder und fuhr dann unter den eigenen Carport. Andre und Michael stiegen aus und gingen auf den Fahrer zu.

„Guten Abend. Sind Sie Herr Pflug, Martin Pflug?"

„Hallo, ja bin ich."

„Das ist mein Kollege Kommissar Nörthen. Ich bin Kommissar Reiking."

Sie hielten ihre Ausweise hoch. Doch bei der Dunkelheit konnte ihr Gegenüber diese kaum richtig sehen.

„Ist etwas mit meiner Frau passiert?"

„Können wir drinnen weiterreden?"

„Selbstverständlich, kommen sie bitte!"

Sie überquerten den großräumigen Innenhof. Martin Pflug fing an zu zittern, bekam einen Schweißausbruch und war kaum in der Lage, die eigene Haustür aufzuschließen.

Als alle im Flur standen und Andre als Letzter die Haustür geschlossen hatte, wiederholte Martin nervös seine Frage: „Können Sie mir sagen, ob meiner Frau etwas zugestoßen ist?"

Andre und Michael hatten vorhin im Auto darum geknobelt, aber im ,Papier-Stein-Schere' war Michael nie gut und verlor regelmäßig gegen Andre.

Somit eröffnete Michael seinem Gegenüber die traurige Nachricht.

„Herr Pflug, leider müssen wir Ihnen mitteilen, dass Ihr Bruder Rainer Opfer eines Gewaltverbrechens geworden ist. Mein Beileid."

Angespannt hatte Martin den Satz aufgenommen, atmete sichtlich erleichtert aus und entspannte sich wieder. Die beiden Kommissare waren wachsam und versuchten jede mentale Regung von Martin Pflug aufzunehmen und was noch viel wichtiger war, sie richtig zu deuten.

Nach kurzer Zeit äußerte sich Martin, ohne sich genau zu überlegen, was er von sich gab: „Gott sei Dank!"

Im Bruchteil einer Sekunde begriff er jedoch, was er da eben gesagt hatte, denn die beiden Beamten sahen ihn erstaunt an.

„Entschuldigen Sie bitte die Verwirrung, also ist meiner Frau nichts geschehen. Deshalb diese Reaktion von mir. Was Rainer angeht, ist es mir eigentlich egal. Er ist zwar mein Bruder, ach nee, war mein Bruder, aber wir haben seit über einem Jahr gar keinen Kontakt mehr."

„Das klingt für mich ziemlich kaltherzig", meinte Andre zu ihm, „Ist aber auch für uns nicht relevant."

Martin starrte Andre mit weit geöffnetem Mund an und wollte gerade zurückkontern, da erhob Michael seinen Arm, um Herrn Pflug aufzuzeigen, dass es keinen Sinn hatte weiter zu reden. Insofern sprach er ihn höflich an: „Herr Pflug, wir müssen Sie leider mit auf die Wache nehmen. Sie stehen im dringenden Tatverdacht Ihren Bruder getötet zu haben."

Martin lief knallrot an und lachte ihnen entgegen: „Wie bitte. Das darf doch wohl nicht wahr sein."

„Es tut mir leid, aber Sie sind vorläufig festgenommen."

„Wieso ich?", entgegnete er.

„Das wollen wir hier nicht erläutern, wenn ich also bitten darf!"

Andre zückte die Handschellen hervor und legte sie dem vermeintlichen Täter an.

„Wir nehmen ihren Hausschlüssel mit und schließen auch ab."

Völlig perplex schüttelte Martin mit dem Kopf und biss von nun an die Zähne zusammen. Er musste nachdenken.

„Da stimmt doch irgendetwas nicht. Wieso nehmen die mich fest? Bleib ruhig Martin. Hauptsache, Johanna geht es gut", dachte er und verließ mit den Beamten seinen Hof. Er wurde behutsam auf die Rückbank des „Peterwagens" gesetzt. Dieses alte Wort für den nagelneuen Passat passte definitiv nicht. Seine Mutter hatte es früher immer gesagt. Mehrere Jahre nach Vaters Tod kam regelmäßig ein Polizist zu ihnen und unterhielt sich mit ihr. Seinen Vater kannte er nur von einem Bild, das auf dem Kaminsims in der guten Stube stand.

Als der Passat den Hof gegen 22:15 Uhr verließ, um nach Ronnenberg zu fahren, fing plötzlich der kleine Finger von Andre an zu kribbeln. Wie aus dem Nichts.

„Michael, mein Finger kribbelt."

„Na und, was soll's, wir haben den Täter im Wagen", merkte er an und steuerte den Wagen durch Ihme-Roloven.

Andre schaute auf seinen rechten Finger und rieb ihn mit der anderen Hand. Er hätte besser den Straßenrand beobachten sollen, denn dort parkte ein weißer Lieferwagen.

Nach der nächsten Kurve konnten sie nicht sehen, wie dieser die Lichter und Motor einschaltete, auf dem Hof von Martin drehte und dem Polizeiwagen in sicherer Entfernung folgte. Der Fahrer des Transporters wollte auf keinen Fall gesehen werden. An der Ampel in Ronnenberg musste Michael stoppen. Andres Finger kribbelte erneut, als der weiße Wagen direkt hinter ihnen heranfuhr, Andre schaute kurz in den Beifahrerrückspiegel, konnte aber den Fahrer nicht erkennen. Es wurde grün, Michael bog nach rechts ab, der Kastenwagen fuhr langsam geradeaus und das Kribbeln ließ nach. Andre rutschte auf seinem Sitz hin und her, drehte sich zu Martin um, aber der sah nur gelangweilt nach draußen.

„He, Andre, beruhige Dich. Alles okay."

„Ich hoffe, Du hast recht. Jetzt ist es auch wieder weg."

„Na siehst Du! Geht doch", und er parkte schwungvoll vor der Zentrale ein.

Sie führten Martin Pflug ins Präsidium und ohne Umweg direkt ins Besprechungszimmer, in dem Heinrich bereits sehnsüchtig wartete.

„Na endlich, das hat ja lange gedauert."

Michael entgegnete nichts, Andre meinte nur knapp: „Schneller ging es nicht", und beide verließen den

Raum. Kurz danach trat Edmund ein. In der Zwischenzeit stellte Heinrich das Mikrofon an.

„Guten Abend Herr Pflug. Ich bin Hauptkommissar Schaft und leite die Ermittlungen in diesem Fall. Das ist mein Kollege Oberkommissar Hoelst. Hat man Ihnen erklärt, warum Sie jetzt hier sind?"

„Angeblich soll ich meinen eigenen Bruder getötet haben. Völlig absurd."

„Das wird sich zeigen, Herr Pflug", antwortete Heinrich.

„Sie sagen es, Herr Oberkommissar."

Edmund gab Heinrich ein Zeichen, um die Besprechung zu beginnen.

„Können Sie mir erläutern, wie Ihr Verhältnis zu ihrem Zwillingsbruder war?"

„Da gab es kein Verhältnis mehr. Seit dem letzten Jahr, Sie haben es bestimmt in der Zeitung gelesen, sind wir zerstritten. Und es gibt 750.000 Gründe, warum das so ist."

Heinrich und Edmund beobachteten Martin mit Argusaugen, waren aber erstaunt über die ruhige Art, wie er es argumentierte.

„Und genau diese „*Gründe*" fallen ihnen nun wieder in den Schoß", raunte Heinrich, zwang sich aber selbst ruhig zu sein. Innerlich kochte er jedoch schon einen großen, heißen Topf, in den er den vor ihm sitzenden Mann am liebsten hineingeworfen hätte.

Edmund zeigte ihm wieder eine Karte mit dem Wort „Bilder" drauf. Daraufhin zog Heinrich die Akte Rainer Pflug hervor und schlug sie auf.

Heinrich entnahm die drei Bilder und legte sie nacheinander langsam auf den Tisch. Bild Nummer 1 zeigte den Leichnam im Feld liegend, noch nicht ganz freigeschaufelt. Kaum eine Erregung bei Martin.

Auf dem Nächsten war die zerbissene, blutige Hand zu sehen. Immer noch kein Gefühlsausbruch.

Dann folgte das Letzte. Martin riss die Augen auf und starrte es gebannt an.

„Du meine Güte. Was ist denn das?", und schaute danach Heinrich und Edmund, wartend auf eine Antwort, an.

„Ja, da haben sie etwas richtig Ekeliges angerichtet, nicht wahr?"

„HÖREN SIE AUF mir irgendetwas zu unterstellen oder haben Sie einen *Beweis*, dass ich es war?"

Geschockt von dem lautstarken Vorwurf, konfrontierte Heinrich den Täter mit den Tatsachen, die sie bereits ermittelt hatten.

„Herr Pflug, nur damit sie es wissen. Das, was dort als Schwarzes *Etwas* um den Kopf verschnürt ist, kommt von ihnen. Das schwarze Zeug ist Rübensaft. Er stammt von oder aus ihrem Hofladen. Wir fanden den Eimer, mit ihrer Adresse bedruckt, in ihres Bruders Wohnung."

Nun begann Martin zu schwitzen. Ein Schweißtropfen rann über seine Schläfe rechts die Wange herunter. Er wischte sie mit dem Jackenärmel fort.

„Das kann nicht sein. Mein Bruder mag gar keinen Stipps. Er hasste ihn sogar. War ihm immer viel zu süß."

„Und wieso war dann ein ganzer Eimer in seiner Wohnung?"

„Das weiß ich doch nicht. Sie sind doch bei der Polizei."

„Herr Pflug, bitte sachlich bleiben!", ermahnte ihn Edmund.

„Sie haben Recht, entschuldigen sie bitte. Aber da fällt mir ein, dass es jetzt noch gar keinen neuen Sirup gibt. Die Saison startet erst jetzt. Ich stecke auch schon mitten in den Vorbereitungen. Ab Ende Oktober kommen die ersten Eimer in Umlauf. Moment, den letzten Eimer verkaufte ich im August oder war es Anfang September?"

„Wie kommen Sie darauf gerade jetzt?", wollte Heinrich wissen.

„Naja, ich war froh, dass endlich der letzte Eimer vom vorherigen Jahr verkauft wurde. Der Käufer war ein ziemlich großer Kerl, mindestens einen Kopf größer als ich, knapp zwei Meter. Er musste sich bücken, als er durch meine Tür vom Hofladen hindurchging."

„Können Sie ihn beschreiben?", versuchte Edmund zu ermitteln.

„Hm, nur grob. Größe erwähnte ich ja, schlankes Gesicht und braune Haare. An mehr kann ich mich nicht erinnern, der Laden war ziemlich voll, weil ich an dem Tag neue Marmelade und Honig in der Werbung hatte. Deshalb kann ich mich jetzt so gut an den Mann erinnern, denn von meinen Werbeartikeln wollte er nichts. Nur diesen einen Eimer Rübensaft."

„Okay, machen wir weiter."

Heinrich schaute auf eine neue Karte mit dem Wort „Tatzeit", die ihm Edmund entgegenstreckte. Die Karte mit dem Wort „Gift" steckte Edmund nach hinten.

„So Herr Pflug, können Sie uns sagen, wo Sie in der Zeit von 17 bis 21 Uhr am Samstag, den 13. Oktober gewesen sind?"

Da brauchte Martin nicht lange zu überlegen und fing an zu grinsen.

„Aber natürlich, sag ich ihnen gerne. Ich war zu dem Zeitpunkt auf der Autobahn kurz vor Bremen."

„Was haben sie dort gemacht?", wollte Heinrich nun genauer wissen.

„Ich war auf der Rückfahrt von Cuxhaven. Meine Frau ist mit ihrer Freundin für eine Woche dort zur Erholung und machen jede Menge Wellness. Ich habe die beiden dort hingefahren, weil ich diese Woche den Wagen brauchte und sie nicht mit dem Zug hinreisen wollten."

„Waren sie allein auf der Rückfahrt?"

„Ja, war ich."

„Hm, das ist aber ein bisschen dünn."

„Moment, ich habe noch ein Bild auf meinem Handy mit den beiden Damen, wie wir an der Kugelbake stehen. Ist in meiner Jackentasche, links."

Martin versuchte mit den Handschellen das Handy herauszunehmen, aber Heinrich stand schon neben ihm, um zu helfen.

Nachdem Martin das Handy entsperrt hatte, schauten Edmund und Heinrich sich die Bilder an. Anschließend nahm Heinrich die Schlüssel für die Handschellen heraus. Martin konnte ebenfalls nicht der Täter sein. Die Uhrzeit auf dem Selfie zeigte 20:06 Uhr. Und bei der aktuellen Baustellenlage auf der Autobahn A7 in Richtung Hannover konnte er zur Tatzeit nie in Holtensen gewesen sein.

Edmund schaltete das Mikrofon ab.

„Entschuldigen Sie bitte die Unannehmlichkeiten. Sie sind entlastet. Es bleibt mir nun nichts weiter übrig, als Ihnen unser herzliches Beileid zu ihrem Verlust auszusprechen."

Damit hatte Martin nicht gerechnet. Das Wort „Verlust" hallte durch sein Gedächtnis und löste wie von selbst eine Reaktion aus, die er, nach dem Streit mit ihm, nie erwartet hätte. Er musste sich wieder setzen und fing an zu weinen, sein Bruder, sein Zwillingsbruder, war nicht mehr am Leben.

Heinrich und Edmund warteten geduldig ab. Er stand auf, zog ein Taschentuch hervor und wischte sich die Augen trocken.

„Nun muss ich mich wohl entschuldigen."

„Nein, brauchen sie nicht, wieder alles okay?"

„Ich wollte noch sagen, dass wir eineiige Zwillinge sind, …waren. Jetzt erinnere ich mich wieder an einen kleinen Vorfall in Cuxhaven. Um genau 17:43 spürte ich auf der Strandpromenade einen leichten Stich in der Brust. Ich weiß es deshalb, weil ich sofort auf die Uhr schaute. Ich dachte damals, es sei nicht wichtig. Aber heute glaube ich, nein ich weiß jetzt, dass es der Zeitpunkt war, an dem Rainer verstarb."

„Es ist zwar nicht wissenschaftlich bewiesen, aber ich nehme die Uhrzeit ins Protokoll auf und lasse es von der Gerichtsmedizin überprüfen. Wir fahren sie jetzt wieder nach Hause. Leider dürfen wir Ihnen zu diesem Zeitpunkt nicht mehr über diesen Fall sagen, aber wir hoffen, dank Ihrer Aussage, ein weiteres wichtiges Element gefunden zu haben, um den wahren Mörder zu finden."

„Das hoffe ich auch, danke."

„Ach Herr Pflug, eine Frage doch noch. Wird ihr Laden zufällig per Video überwacht?", erkundigte sich Edmund.

„Ja, da ich schon zweimal überfallen und ausgeraubt wurde."

„Wie lange heben sie die Aufzeichnungen auf?", wollte Heinrich nun wissen.

Martin Pflug überlegte einen kleinen Augenblick und schüttelte mit dem Kopf und meinte: „Kann ich leider nicht genau sagen, ich bin Imker und Hofbesitzer. Die neue Technik ist für mich nicht immer verständlich. Ich habe nichts dagegen, wenn ihre Mitarbeiter sich die Daten und Videos ansehen wollen. Die Anlage läuft seit ungefähr einem Jahr selbstständig. Hat mich einen Haufen Geld gekostet."

Edmund witterte den Hauch einer Chance, eventuell den Käufer des Eimers mit dem Sirup darauf zu entdecken.

Er hob die Hand für Michael hinter der Scheibe. Fünf Minuten später starteten Andre und er zur Fahrt nach Ihme-Roloven und speicherten die Daten von dem Überwachungsserver auf ein externes Laufwerk. Es dauerte eine knappe halbe Stunde, dann hatten sie alles, was sie brauchten. Sie verabschiedeten sich von Herr Pflug und fuhren leise vom Hof. Martin schaute ihnen traurig nach, doch der Blick wurde schlagartig getrübt, denn erneut rannen Tränen über seine Wangen, als er wieder an Rainer dachte.

Kap.15: Mittwoch, 17.10.2018, 0:50 Uhr

Andrea zuckte auf ihrem Stuhl erschrocken zusammen. Ihr war schwindelig vom häufigen Einnicken. Noch immer umfasste sie seine Hand. Sie schaute auf die Wanduhr und war erstaunt, dass sie annähernd zwei Stunden eingeschlafen war. Zwar nur leicht dösend, aber sie hatte das Gefühl, die ganze Zeit wach gewesen zu sein. Sie schaute auf Jens und streichelte seine Hand. Das Ärzteteam hatte es vorhin mit viel Anstrengung geschafft, ihn wiederzubeleben. Es waren drei Stromstöße nötig, und mehr als eine Minute hatte es gedauert, bis sein Herz wieder anfing, regelmäßig zu schlagen. Sie selbst konnte es kaum ertragen mit anzusehen, wie seine Körpermuskeln unter den Impulsen des Defibrillators zuckten und wieder erschlafften. Für die Ärzte war dieser Mensch nur ein junger Mann, der gerettet werden musste. Für Andrea war Jens mehr. Viel mehr.

Aber nun konnte sie nicht mehr, ihr Körper wollte nun endlich richtig schlafen. Sie stand auf, reckte sich erstmal und ging zum Schwesternzimmer, um zu erfragen, ob der diensthabende Arzt zu sprechen war. Schwester Irina piepste ihn an. Zwei Minuten später erschien er bei Jens am Bett.

„Was kann ich für sie tun?"

„Ich bin ein wenig eingenickt und wollte fragen, ob er durchkommen wird, nachdem er nun auch zwei Stunden ruhig geschlafen hat, Herr Doktor?"

Der Arzt schaute sich die Instrumente an, drückte ein paar Knöpfe, um den Status der letzten Stunden abzurufen.

„Eigentlich sieht alles ganz positiv aus. Aber das Blut ist immer noch nicht toxisch sauber. Das wird wohl auch noch ein paar Tage dauern. Die Dosis war sehr hoch, der er ausgesetzt war. Und das Atropin ist zwar ein Gegengift, muss jedoch behutsam eingesetzt werden, somit dauert es halt länger."

„Also kann es sein, dass er nochmal einen Herzstillstand bekommt?", wollte Andrea wissen.

„Nach den Instrumenten zu urteilen, eher nein. Aber vorhersagen kann ich es nicht. Und welchen Schaden er davonträgt, dass sein Gehirn nicht ausreichend mit Sauerstoff versorgt wurde, ist zum jetzigen Zeitpunkt noch nicht absehbar. Studien haben jedoch gezeigt, dass das Gehirn erst ab zwei Minuten einen irreparablen Schaden bekommen kann. Aber sie haben ja gesehen, dass er die ganze Zeit beatmet wurde. Insofern glaube ich nicht daran, dass Sie sich Sorgen machen müssen", sprach er ihr Mut zu.

„Danke, dann bin ich ja ein bisschen beruhigter."

„Brauchen Sie mich noch?"

„Nein, vielen Dank, ich bleibe wohl noch ein bisschen hier."

„Ja ist gut, sprechen sie mit ihm, er wird nicht unbedingt reagieren, aber er kann sie vielleicht hören."

Danach verließ der Arzt leise das Zimmer. Andrea setzte sich wieder dicht neben Jens auf den Stuhl und sprach ihn leise an.

„Jens, Jens, kannst Du mich hören?"

Keine Reaktion, wie es der Doktor gesagt hatte. Sie nahm seine Hand und streichelte sie wieder und erzählte ihm alles von ihr, quasi ihr halbes Leben, und auch das, was sie ihm noch nie erzählt hatte. Alle halbe Stunde musste sie unterbrechen, weil die Schwester seine Geräte überprüfte. Nachdem diese den Raum wieder verlassen hatte nutzte sie die Gelegenheit, um Jens sanft auf die Wange zu küssen. Nach drei Stunden erzählen, war sie völlig erschöpft und gähnte immer mehr.

„Ich muss dringend ins Bett und wenigsten ein paar Stunden schlafen, sonst überstehe ich die nächste Nacht nicht bei Jens", dachte sie, gab ihm einen letzten festen Kuss mit den Worten: „Ich liebe Dich, ich komme nachher wieder", flüsterte sie in sein Ohr und fuhr nach Hause. Kurz vor fünf Uhr schlief sie zuhause endlich unruhig ein.

Zur gleichen Zeit wachte ihre Freundin Juliane auf, weil ihre Bettdecke aus dem Bett gerutscht war. Sie versuchte, sie mit geschlossenen Augen zu ertasten. Sie schaffte es jedoch nicht, öffnete genervt ihre Augen, beugte sich über den Bettrand, um wenigstens einen Zipfel von ihrer Bettdecke zu erwischen. Ihr Körper konnte das Gleichgewicht nicht halten und sie fiel, mehr oder weniger unsanft heraus.

„Aua, so ein Mist, kannst Du nicht aufpassen", schimpfte sie mit sich selbst. Jetzt war sie putzmunter und schaute verärgert auf ihren Wecker. 05:06 Uhr zeigte die Digitalanzeige in großen roten Zahlen, die an die Decke projiziert wurden, an.

„Das wäre nicht passiert, wenn Lorenzo noch hiergeblieben wäre", dachte sie und erneut stieg etwas Ärger in ihr hoch. Sie stand auf, nahm ihre Decke und warf sich wieder auf ihr Bett. Der Ärger verflog schlagartig, als sie an den gestrigen Abend mit Lorenzo dachte.

Sie schloss ihre Augen und ließ ihren Gedanken freien Lauf. Sie konnte es nicht leugnen, er hatte ihr, der sonst eher coolen Juliane, den Kopf verdreht. Nach dem Essen sind beide zu ihr gefahren. Erst wirkte er ein bisschen schüchtern, wegen Marilyn, aber hinterher mussten beide laut lachen. Sie tranken einen leckeren Cappuccino auf dem roten Sofa. Juliane setzte sich dicht neben ihn und erzählte aus ihrer Vergangenheit. Nachdem sie beide ihre Tassen geleert hatten, ergriff sie die Initiative und küsste ihn. Lorenzo erwiderte ihr Verlangen und streichelte sie sanft. Erst im Nacken, dann rutschten seine Finger nach vorn auf ihren wohlgeformten Busen. Juliane stöhnte auf, als ein Schauer nach dem anderen ihren Rücken herunterjagte. Sie löste jedoch nach kurzer Zeit die Umklammerung, stand auf und setzte sich auf seinen Schoß und küsste ihn liebevoll. Lorenzo drückte sie fester an sich heran. Er spürte ihren Atem und seine Hose drohte zu platzen, so erregt war er.

Sie wollte gerade seinen Gürtel lockern, als er plötzlich innehielt, um sie anzuschauen. Juliane stutze und grübelte im Stillen: „Warum hört er nur auf?"

„Es tut mir leid, Juliane, versteh mich bitte nicht falsch, aber ich möchte im Moment nur mit Dir schmusen. Ich möchte nicht am ersten Abend mit Dir ins Bett, obwohl ich mir nichts Schöneres vorstellen könnte."

Juliane schaute ihn fragend an. Lorenzo konnte förmlich hören, wie es in ihrem Gehirn ratterte und so erklärte er: „He, nicht böse sein, denn Du bist für mich etwas Besonderes. Aber meine vorherige Beziehung zerrte mich gleich am ersten Abend ins Schlafgemach. Es war nur Sex, aber kaum Gefühle. Vielleicht war deshalb die Freundschaft so schnell wieder zu Ende. Bei Dir ist es anders, ich neige sogar dazu zu sagen, viel besser. Und ich möchte Dich nicht mit meiner Ex auf dieselbe Stufe stellen."

Juliane blickte ihn erstaunt an und sie spürte, dass Lorenzo es ernst mit ihr meinte. Sie nahm seinen Kopf mit beiden Händen, neigte sich zu ihm hinunter und küsste ihn leidenschaftlich. Danach richtete sie sich wieder auf und antwortete ehrlich: „Danke.", und rutschte gleichzeitig von seinem Schoß herunter.

„Bist Du sauer?", erkundigte er sich und streichelte ihre Hand.

„Nein, bin ich nicht. Auch wenn ich im Moment unter sexuellem Notstand leide, verstehe ich deine Argumente gut."

Lorenzo stand auf und zog Juliane zu sich.

„Wann sehen wir uns wieder?", wollte er wissen.

„Na morgen im Büro", scherzte sie.

„Okay, dann morgen im Büro. Ich werde Dich persönlich besuchen. Ich denke, dass ich mir nach dem Mittagessen einen kleinen Nachtisch bei Dir abhole."

Er wandte sich zum Gehen, doch Juliane zerrte ihn zurück mit den Worten: „Ach bitte, lass uns noch eine kleine Runde auf dem roten Sofa liegen. Einfach nur festhalten, ja?"

Lorenzo legte sein Portemonnaie aus der Gesäßtasche auf den Tisch und rutschte aufs Sofa.

Juliane träumte von Lorenzo, wie sie ihn engumschlungen mit Küssen übersäte. Und aus der Ferne hörte sie Marilyn singen, „Bub-bub-bi-du". Erst langsam begriff sie, dass es ihr Wecker war, der klingelte. Sie öffnete ihre Augen und bemerkte enttäuschend, es war nicht Lorenzo, den sie im Arm hielt, sondern das zweite Kopfkissen. Noch immer sang ihr Wecker die gleiche Reihenfolge, nur die Lautstärke nahm langsam zu. Sie drehte sich zum Nachttisch um und schaltete das Gedudel aus.

„Ach schade, aber nützt ja nichts", murmelte sie, „Mal sehen, wie es heute Abend in seiner Wohnung wird", denn heute wollte sie sein Domizil kennenlernen und war schon ganz gespannt. Sie konnte ihn bisher nicht einschätzen. Sie hatten zwar ein wenig geplaudert, aber viel hatte er nicht von sich preisgegeben. Mit jedem Gedanken an Lorenzo kribbelte es in ihrem Bauch.

Ermutigt von dem Gedanken, sich mit Lorenzo erneut zu treffen, sprang sie aus ihrem Bett und war heute sogar überpünktlich an ihrem Arbeitsplatz.

Kap.16: Mittwoch, 17.10.2018, 06:02 Uhr

Edmund Schaft gähnte, als er an seiner Magnetwand die Daten studierte. Er war mehr oder weniger frustriert, dass die beiden vermutlichen Täter nicht mehr in Frage kamen, Rainer Pflug ermordet zu haben. Ihre Alibis waren hieb- und stichfest. Allerdings hing nun ein weiterer Zettel mit einem Fragezeichen an der Wand. In seiner Hand dampfte bereits der frische Kaffee in seiner eigenen Tasse, den er heute Morgen selbst gekocht hatte. In großen Buchstaben stand dort aufgedruckt der Spruch: „Chef im Einsatz, nicht stören!". Eines der Geschenke von seinen Kollegen zu seinem 60. Geburtstag.

Zum Glück konnte er in der letzten Nacht zwei Stunden auf seinem Sessel vorm Schreibtisch ein bisschen aktive Augenpflege betreiben.

Andre und Michael schauten sich schon seit mehreren Stunden die Videos mit den Aufnahmen des Hofladens an. Achim Bär und seine Mitarbeiter hatten ebenfalls bestätigt, dass E605 im Rübensaft beigemengt worden war.

„Die Dosis hätte ausgereicht, um einen Bären ins Jenseits zu befördern", dachte Edmund und musste unwillkürlich bei dem Wort „Bär" schmunzeln. Doch sofort versiegte sein Lächeln, denn Jens Zündel war noch immer nicht über den Berg.

Ein Anruf heute Morgen um 5:30 Uhr in der MHH ergab, dass seine Werte zwar besser geworden, aber immer noch kritisch waren. So äußerte sich zumindest der Stationsarzt ihm gegenüber.

„Armer Kerl! Hoffentlich kommt er durch."

Im nächsten Moment erschrak er, denn Andre und Michael stürmten ins Büro.

„Wir haben den Käufer entdeckt, Edmund. Er hat den Eimer am Samstag, den 1. September um 10:42 Uhr gekauft, wenn die Uhrzeit richtig eingestellt war", eröffnete Michael ihm mit kleinen Augen. Die letzte Nacht zeigte deutlich Spuren von Müdigkeit in seinem Gesicht. Andre sah etwas frischer und fitter aus.

„Super, Jungs, kann ich das Video sehen?"

„Ja, ich habe den wichtigen Teil herauskopiert und im Projektordner gespeichert. Du kannst es auf deinem Monitor ansehen."

Edmund tippte sein Passwort in den Rechner und meinte dann: „Michael, kannst Du bitte das Video abspielen und an die Wand projizieren lassen? Die neue Technik habe ich noch nicht richtig einstudiert", und zuckte mit den Schultern.

Michael startete den Beamer und das Video konnte an der Wand neben der Magnettafel angesehen werden. Nach knapp fünf Minuten war es zu Ende. Ernüchternd meinte Edmund: „Tja, viel ist nicht zu sehen. Der große Kerl hat eine Baseballkappe auf dem Kopf und dadurch ist sein Gesicht nicht zu sehen. Die Kamera ist zwar direkt auf den Verkaufstresen gerichtet, aber die Kappe sitzt extrem weit unten."

„Ja, das stimmt. Aber man kann durch die Fenster auf den Hof hinaussehen. Dort steht unter anderem ein weißer Lieferwagen ganz weit hinten. Leider kann man kein Nummernschild oder Schriftzug entdecken. Mit dem Wagen fährt er ja am Ende des Videos weg. Als er die Fahrertür öffnet, erscheint ein kleiner Schriftzug, aber es ist zu weit weg, um etwas zu entziffern, leider. Den Bereich habe ich herangezoomt, aber das Bild ist zu grobkörnig. Die Kamera ist ja auch halt für den Innenraum des Ladens ausgelegt."

„Aber immerhin etwas", meinte Edmund und folgerte daraus: „Wir wissen also, dass es ein großer Mann und ein weißer Lieferwagen ist."

Andre meinte dazu: „Damit ist die Aussage von Herrn Pflug auch stimmig. Er hat es ja so zu Protokoll gegeben. Ich denke, jetzt haben wir den wahren Mörder von seinem Bruder, zumindest auf Video."

„Moment, nicht so schnell", ermahnte Edmund seinen jungen Mitarbeiter.

„Bis jetzt haben wir nur jemanden, der einen Eimer Sirup in einem Hofladen gekauft hat. Selbst, wenn wir wüssten, wer er wirklich ist, würde uns die Staatsanwältin Frau Roggenpohl für verrückt erklären, wenn wir für dieses Video einen Haftbefahl beantragen würden."

Michael und Andre ließen beide nun ihre Schultern hängen und nickten.

„Also war unsere Arbeit der letzten Nacht umsonst? Wir wissen nur, dass der Fahrer einen weißen Transporter gefahren hat", meinte Michael.

Plötzlich riss Andre seine Augen weit auf und fing an zu stottern: „Mi-Michael, erinnerst Du Dich an gestern Abend? Mein kleiner Finger hat doch gekribbelt, als wir vom Hof herunterfuhren. Ich erinnere mich, dass auf der anderen Seite ein weißer Wagen stand. Auch hinterher an der Kreuzung in Ronnenberg stand einer direkt hinter uns. Chef, das klingt zwar komisch, aber auf meinen Finger kann ich mich verlassen."

„Na, dass erkläre mal der Staatsanwältin! Dann steckt sie eher DICH in eine Zelle als den Mörder. Bitte lasst uns an die Fakten halten, die wir haben. Wo ist eigentlich Heinrich?"

„Der testet seit vier Uhr die neue Matratze im Ruheraum. Darf ich ihn ablösen?", stellte Michael mit hängenden Schultern die Frage und ergänzte, „Ich könnte jetzt auch eine Mütze Schlaf gebrauchen."

Edmund nickte und schaute zu Andre: „Du kannst ja mal eine Liste aus dem Computer zaubern mit allen weißen Lieferwagen aus dem Raum Wennigsen, Ronnenberg, Gehrden und Pattensen. Denn von Ihme-Roloven ist es nur ein Katzensprung nach Pattensen, okay?"

„Alles klar, klingt ja einfach!"

Die Bilder von einem undefinierbaren, verschwommenen Raum, der hell erleuchtet war, verblasste wieder. Das Piepsen einer Maus war leise zu hören. Doch jetzt setzte sein Verstand ein und er erkannte, dass jenes Piepsen viel zu regelmäßig ertönte. Behutsam öffnete er seine Augen und erblickte nur schemenhaft zwei Figuren in Weiß. Er versuchte sie zu ertasten, konnte aber seine Hand nur schwerlich anheben. Das Piepsen wurde schneller. Der eine weiße Geist trat an ihn heran und blendete ihn stark mit seinem kleinen Finger. Er wollte die Augen schließen und fliehen, konnte sich aber nicht bewegen. Sein Körper gehorchte nicht auf seine Befehle, die sein Gehirn aussendete.

„Wo bin ich?", versuchte er zu erforschen, denn sprechen ging auch nicht sofort.

Sein Herz klopfte stark in seiner Brust und wurde schneller, das Mäuschen neben ihm piepste auch sofort schneller. Er nahm allen Mut zusammen und startete einen neuen Versuch zu sprechen. Diesmal gelang es. Die Augen hatte er wieder geschlossen, zu grell hatte das unbekannte Wesen ihn geblendet.

„Hilfe, wer ist da und von welchem Stern kommt ihr denn? Warum musstet ihr mich in eurem Raumschiff entführen?"

Nun trat der zweite Außerirdische ans Bett heran und erklärte: „Jens, ich bin es, Juliane."

„Wieso könnt ihr meine Sprache so gut sprechen?"

„Jens, mach die Augen richtig auf, ich bin es Juliane Moder und Dr. Kapzock ist auch da!"

Langsam öffnete Jens seine Augen und erkannte nun klar und deutlich die beiden Ärzte in ihren weißen Kitteln und pustete vor Erleichterung aus.

„Mann o Mann, da habt ihr mir ja einen schönen Schrecken eingejagt."

„Du schaust zu viele Horrorfilme", erwiderte Juliane. Jens nickte und fing an zu schmunzeln, aber mehr über sich selbst.

„Schön, dass Du wieder lächeln kannst."

„Wie komme ich denn hierher? Das Letzte, an das ich mich erinnern kann, ist … die Herrentoilette."

Juliane schaute ihn ohne eine Regung an und plauderte frei heraus: „Da hast Du eine ziemliche Sauerei hinterlassen."

Dr. Kapzock trat ans Bett heran und erklärte Jens die Rettung durch Juliane mit dem Gegengift. Ihr schnelles Handeln hatte ihm das Leben gerettet, davon war er fest überzeugt.

Juliane ergänzte noch: „Du warst mit Parathion kontaminiert. Das Ablecken des Fingers auf dem Feld gestern Mittag hat Deinen Körper in Gefahr gebracht. Der Sirup war stark mit E605 angereichert. Es wirkt erst über mehrere Stunden. Die Probe am Finger war zwar wenig, aber die Dosis war extrem hoch, und bei der Obduktion hast

Du zusätzlich eine große Menge Gift über die Haut aufgenommen."

„Wann kann ich aufstehen? Wie spät ist es eigentlich?"

„Aufstehen, geht gar nicht", diagnostizierte Doktor Kapzock kopfschüttelnd. Er bekräftigte seine Aussage mit mahnenden Worten: „Keine Chance für die nächsten zwei Tage, da ihre Zellen noch nicht vollständig generiert sind. Sie müssen weiterhin unter Beobachtung das Atropin verabreicht bekommen. Und das Gegengift ist ja auch gleichzeitig ein Nervengift. Sie als Pathologe sollten das doch wissen."

Resigniert nickte Jens und entspannte sich, indem er den Kopf wieder auf sein Kissen legte.

„Es ist jetzt gleich sieben Uhr", ergänzte Juliane.

„Was ist mit Andrea, ist sie okay?"

„Ja, sie ist um halb fünf nach Hause gefahren. Sie war die ganze Nacht bei Dir. Edmund hat sie beurlaubt."

„Ich vermisse sie, sag ihr das bitte, Juliane!"

„Selbstverständlich, schlaf jetzt wieder. In einer Minute bekommst Du die nächste kleine Dosis, wir warten so lange hier bei Dir, um zu sehen, wie es wirkt."

Kaum hatte Juliane den Satz beendet, zuckte Jens unter der Verabreichung des Atropins und schlief danach erschöpft ein. Der Arzt und Juliane verließen beruhigt das Zimmer. Er war unter ständiger Beobachtung durch die angeschlossenen Geräte. Die Daten wurden direkt weitergeleitet ins Überwachungszimmer. Außerdem waren die Daten aus jedem Zimmer im Flur auf einem Monitor ablesbar. Über jeder Tür hing ein Monitor, sodass man beim Entlangschreiten des Flures die Namen der Patienten und deren Daten wie Puls, Blutdruck und vieles mehr ablesen konnte.

Jens war medizinisch gesehen immer noch nicht über den Berg. Er erwachte in unregelmäßigen Abständen aus seinen Träumen. Teilweise weinte er im Schlaf, weil er von einer schwarzen Masse träumte, die ihn durch die Straßen verfolgte. Er versuchte in einem Traum wie ein Wilder hin und her zu rennen, um nicht eingeholt zu werden. Dann tauchte plötzlich ein Güterzug in der Nähe auf. Vollbeladen mit Holzfässern. Sie waren nicht richtig befestigt und fielen vom Waggon, als dieser eine Vollbremsung machte, weil ein PKW auf den Schienen stand. Der Wagen war ein älteres Modell und wurde mit voller Wucht von den Schienen geschubst.

Jens konnte nur ahnen, dass der Fahrer es wohl nicht überlebt hatte. „RÜBENSAFT" stand in großen Lettern an der Seite der Fässer und diese rollten auf ihn zu. Erneut musste er flüchten und schaffte es, in einen Hauseingang einzutreten. Die Fässer rollten an ihm vorbei. Jetzt war er sicher, trat jedoch lieber weiter ins Haus hinein. Es war leer, kein richtiges Licht und irgendwo tickte es. Er ging vorsichtig weiter. In einem großen Raum saß jemand auf einem Stuhl. Darunter eine Bombe, der Sekundenzeiger des großen Weckers zählte rückwärts. Er wollte der Person auf dem Stuhl helfen, konnte sich aber nicht mehr bewegen. Er streckte seine Hand aus und die Unbekannte, jetzt erkannte er, dass es eine Frau war, umfasste seine Hand. Gebannt schaute er auf die Uhr, sie hatten noch fünf Sekunden, er wollte sie befreien, noch vier, er zerrte an den Knoten, noch drei, sie öffneten sich nicht. Zwei Sekunden, sie schaute ihn freundlich an, jetzt erst erkannte er das Gesicht, er wollte schreien, aber es ging nicht. Dann wurde alles hell. Schweißgebadet wachte er mit weit aufgerissenen Augen auf.

Andrea saß dicht bei ihm am Bett und streichelte seine verkrampfte Hand. Sein Herz raste im hohen Tempo und er keuchte ein paar Mal stoßweise die Luft aus den Lungen heraus.

„Jens, ich bin es, Andrea. Du hast im Schlaf geweint und versucht deine Hand auszustrecken."

„Ich hatte einen Albtraum. Es war fürchterlich."

„Hi mein Süßer, ich bin doch jetzt da, Träume sind Schäume, das weißt Du doch."

„Das hoffe ich. Ach bitte, ich weiß es ja zu schätzen, aber bitte nenn mich nicht mehr „Süßer", da dreht sich mir der Magen um", und zwinkerte ihr mit dem Versuch eines Lächelns zu.

„Aha, so kenne ich Dich. Kaum geht's dir wieder besser, flunkerst Du wieder herum. Möchtest Du mir von deinem Traum erzählen, vielleicht kannst Du dann darüber lachen?"

„Nee, lieber nicht. Für mich war es ein Horrorfilm und wie Du schon darstelltest, Träume sind Sch…, Schäum…, …e."

Jens fing wieder an zu zucken und gleichzeitig blinkte der Monitor wie bei einem Videospiel von Grün auf Rot. Gleichzeitig ertönte wieder der nervige Ton, der darüber informiert, dass das Leben eines Menschen in Gefahr war.

„Jens bleib bei mir, hörst Du?", doch Jens zuckte am ganzen Körper, verdrehte seine Augen und brachte keinen Ton mehr heraus. Sein Puls schnellte erneut hoch, doch zum Glück erlitt er keinen Herzstillstand mehr. Eine Schwester und Dr. Kapzock eilten ins Zimmer. Der Arzt verschloss sofort den Regler für den Tropf und erklärte der Schwester: „Atropin ist zu hoch eingestellt, muss auf 0,1 ml gesenkt werden!"

Zwei Minuten später lag Jens ganz ruhig und entspannt im Bett. Er stöhnte immer noch von den Strapazen der Krämpfe. Jens hatte ihre Hand so stark gedrückt, dass jetzt ein weißer Abdruck seiner Hand auf ihrem Handrücken zu sehen war. Er war jetzt so geschwächt, dass er anschließend wieder einschlief.

Der Arzt wandte sich an Andrea: „Ich kann sie beruhigen, es sah schlimmer aus, als es tatsächlich war. Es ist eigentlich ein gutes Zeichen. Er ist auf dem Weg der Besserung, nur die Dosis war zu hoch. Das zeigt uns auch, dass sein Körper, beziehungsweise seine Zellen, sich schon ein bisschen regeneriert haben. Aber es dauert bestimmt noch bis Ende der Woche, bis wir die Medikation absetzen können. Erst danach können wir vollständig Entwarnung geben."

Andrea war zwar beruhigt, was den Zustand von Jens anging, aber trotzdem stinksauer auf den Giftmischer.

„Danke Herr Doktor. Wie lange wird er jetzt wieder schlafen? Ich muss noch mal kurz weg."

„Das kann ich schlecht beurteilen, aber ich denke, es würde nicht schaden, wenn Sie wieder hier sind, wenn er aufwacht. Er braucht Sie jetzt, auch wenn Sie selbst nicht viel tun können, außer ihm die Hände zu streicheln."

„Okay, ich denke, dass ich in spätestens zwei Stunden wieder da bin. Ich gebe gleich der Schwester einen Hinweis, falls er vorher erwacht", und Dr. Kapzock und Andrea verließen um 12:28 Uhr leise das Krankenzimmer.

Kap.18: Mittwoch, 17.10.2018, 12:30 Uhr

Edmund startete die nächste Besprechung mit allen Polizeibeamten, außer Andrea Hellwisch. Alle waren mehr oder weniger müde von der letzten Nacht. Und das Mittagessen, sei es nur ein Brötchen oder eine Mahlzeit am Schnellimbiss erzeugte bei nahezu allen schläfrige Augen. Andre schien noch am besten mit der Müdigkeit zurechtzukommen. Er hatte immer einen oder mehrere Energy-Drinks in seiner Tasche. Edmund ließ es sich trotzdem nicht nehmen, jetzt einen Zwischenstand an alle zu geben.

„Auch, wenn es schwerfällt die Augen aufzuhalten, möchte ich folgende Tatsachen für alle bekanntgeben. Andre hat die Analyse der möglichen Transporter abgeschlossen. Es gibt reichlich Fahrzeuge, die dem auf dem Video zu erkennenden Wagen gleichen. Mittlerweile konnten Michael und er durch mehrstündige Recherche des Videos noch mehr Details erkennen. Gute Arbeit von Euch. Kannst Du bitte deine Ergebnisse vortragen, Andre!"

„Klar, kann ich. Also, wir wissen jetzt, dass es ein weißer Kastenwagen ist. Genaues Fabrikat können wir nur schätzen, da es auf dem Video nicht zu erkennen ist. Die Zeichen oder der Schriftzug auf der Tür sind leider trotz einer starken Vergrößerung nicht zu entziffern. Wir vermuten, dass es zwei große Buchstaben sind.

Die Analyse aus dem Computer hat etliche Kastenwagen ermittelt, die weiß sind. Das kommt auch davon, dass einige Autovermietungen ebenfalls diese Art von Modellen in ihrem Programm haben. Insgesamt habe ich 72 Autos ermittelt. Allerdings nur 14 im Bereich Ronnenberg und Gehrden. 35 Fahrzeuge in der großen Gemeinde von Wennigsen. In Pattensen waren es 23. Aber ich denke, wir sollten erst einmal die Fahrzeuge aus Wennigsen, anschließend die aus Ronnenberg anschauen."

Edmund meinte: „Ist das deine Meinung oder die deines Fingers?"

Andre wurde rot und erwiderte schließlich selbstbewusst: „Eindeutig meine Meinung, wenn man sich an die Fakten hält. Der Tatort ist in Holtensen, gehört zur Gemeinde Wennigsen und der Bruder des Toten wohnt in Ihme-Roloven. Dort haben wir einen weißen Lieferwagen gesehen, der in Ronnenberg geradeausgefahren ist. Kann ja auch Zufall gewesen sein."

„Was sagen uns die Halter dieser Fahrzeuge? Irgendwelche Abnormitäten zu erkennen?" Edmund befragte ihn gezielt weiter, um zu sehen, ob Andre auch diesen Punkt von allein ermittelt hatte.

„Größtenteils besitzen die Halter eine Transportfirma, nur einmal ist der Wagen auf eine Privatperson zugelassen, ein gewisser Herr Schmidt."

„Und was würdest Du nun tun?"

Spätestens jetzt wusste Andre, dass er auf dem Prüfstand bei Edmund war. Michael hob den Arm, wie in der

Schule, um seine Idee zu präsentieren, doch Edmund winkte ab.

„Also, wenn ich die Fakten insgesamt betrachte, würde ich bei den Transportfirmen anfangen zu suchen. Welche Privatperson macht sich schon irgendwelche Beschriftung auf sein Fahrzeug. Kostet ja auch Geld."

Michael nickte Andre zu. Edmund zeigte keinerlei Regung und das beunruhigte Andre ein bisschen.

„Gute Überlegung, Andre. Aber es kann ja auch sein, dass die Privatperson einen ehemaligen Transporter einer Firma gekauft hat, ohne ihn neu zu lackieren, oder?"

„Ja, ist natürlich möglich. Also ist es wohl egal, bei welchem Fahrzeug wir anfangen", entgegnete er etwas resigniert.

„Nein, nicht ganz. Gibt es eventuell jemanden von den Fahrzeughaltern, die schon mal mit dem Gesetz in Konflikt geraten sind?"

Nun fing Andre an zu grinsen.

„Die Information habe ich ebenfalls abgefragt. Ein paar der Halter hatten mal ein Bußgeldverfahren wegen überhöhter Geschwindigkeit, aber eine Transportfirma hat es ja meistens eilig. Vorstrafen oder Verurteilungen gab es bei keinem der Halter. Insofern bringt uns das auch nicht weiter."

„Okay Andre, gut gemacht, irgendwelche Vorschläge von den anderen?"

Heinrich merkte an: „Also überprüfen wir alle Halter und deren Fahrzeuge, wie von Andre vorgeschlagen. Ich stimme ihm zu, aber wir müssen uns aufteilen. Michael und ich übernehmen den Wennigser Bereich, Andre und Andrea kö…, ach Mist, sie ist ja nicht da."

„Genau. Insofern bitte ich Andre mit dem Kollegen Stefan Hetzig die paar Autos in Ronnenberg zu kontrollieren. Heinrich und Michael, wie vorgeschlagen. Nehmt Euch das Bild mit der geöffneten Fahrertür mit. Ist zwar unscharf, aber vielleicht reicht es für eine Identifizierung aus."

„Okay, dann mal los. Was machst Du denn in der Zwischenzeit Edmund?", wollte Heinrich wissen.

„Meinen Kopf schonen und nebenbei die neue Matratze testen, bin ja nicht mehr der Jüngste. Eine kleine Stunde reicht bei mir erstmal aus. Danach schaue ich mir die Fakten aus dem Bericht von der Spurensicherung an. Ich denke, ihr seid nicht vor drei Uhr zurück. Und Andre, fangt ruhig bei der Privatperson an, ist doch nur drei Straßen weiter."

Andre nickte, drehte sich zum Gehen um und zwinkerte Melanie zu, die gerade am Drucker ein Dokument aus einer älteren Akte kopierte. Ohne eine Regung ihrerseits erkannte Andre, dass sie es wahrgenommen hatte, denn ihre Augen strahlten ihn gebannt an. Edmund bemerkte ebenfalls das Leuchten in ihren Augen und befahl ihm: „Andre, nun aber los. Ohne Umwege!"

„Schon gut, ich bin ja schon weg", antwortete er und Edmund schüttelte schmunzelnder Weise den Kopf.

Um 12:55 Uhr starteten die beiden Dienstwagen nach Ronnenberg und Wennigsen, um die Transporter zu überprüfen.

Zur selben Zeit erreichte ein weißer Kastenwagen den Hofladen von Martin Pflug. Er parkte sein Gefährt direkt quer vor dem Schaufenster. Es nieselte leicht aus grauen Wolken, heute würde sich die Sonne nicht bemühen, die Einwohner von Ihme-Roloven zu erwärmen. Der kalte Ostwind versetzte ebenfalls einige Fußgänger in die Lage, den Kragen hochzuklappen oder Handschuhe anzuziehen, wenn sie ihren Hund Gassi führen mussten. Um diese Zeit waren keine potenziellen Käufer mehr anwesend und Martin hatte schon das Schild an der Scheibe angebracht, dass sein Laden von heute Nachmittag bis einschließlich Donnerstag wegen eines Trauerfalles geschlossen bleibt. Heute Morgen musste er den Laden öffnen, da zu viele Vorbestellungen und Abholungen von Kürbissen aus dem eigenen Garten in seinem Terminplan eingetragen waren. Die Termine für heute Nachmittag und Donnerstag hatte er auf Freitag verschoben. Am Samstag wollte er schon um 11:00 Uhr schließen, um seine Frau mit ihrer Freundin aus Cuxhaven abholen zu können. Den beiden Urlauberinnen hatte er jedoch nichts von dem tragischen Tod seines Bruders erzählt.

Der Fahrer des Kleintransporters trat in den Laden und schaute sich nervös um. Tatsächlich war niemand mehr im Hofladen, genau wie er es seit Wochen ausspioniert hatte. Das Klingeln konnte er nicht verhindern, da es durch eine elektronische Lichtschranke ausgelöst wurde. Kurze Zeit später erschien Martin Pflug hinter dem Tresen, nachdem er links aus der Tür zum Wohnhaus heraustrat.

„Guten Tag, was kann ich für sie … tun?"

Martin erschrak, denn jetzt erst erkannte er den großen Kerl, der seinen letzten Eimer Sirup gekauft hatte und zu allem Überfluss auch noch eine Pistole auf ihn richtete.

„Wie ich sehe, haben die Bullen Dich wieder freigelassen."

Martin schaute ihn mit weit aufgerissenen Augen an und stotterte nach einer Gedankensekunde: „Dann haben Sie meinen Bruder Rainer ermordet?"

Er verzog sein Gesicht zu einer Grimasse, die Bände sprach. Martin starrte in zwei hasserfüllte Augen und wusste, dass er Recht hatte. Sein Gegenüber schwieg.

„Aber wieso, was soll das alles? Ich kenne sie nicht und Rainer kannte sie bestimmt auch nicht, habe ich Recht?"

Martin versuchte, ihn in ein Gespräch zu verwickeln und rutschte, am Tresen stehend weiter nach rechts, um den versteckten Alarmknopf zu erreichen. Doch sein Vorhaben war zu offensichtlich.

„Halt! Keine Bewegung mehr. Wenn die Bullen es nicht schaffen, Dich für eine Straftat, die Du nie begangen hast, zu verhaften, dann muss ich es halt selbst in die Hand nehmen."

Martin überlegte fieberhaft, was er tun konnte. Aber ihm war bewusst, dass der ungebetene Gast in seinem Hofladen nur den Zeigefinger krümmen musste, um ihn ebenfalls ins Jenseits zu befördern. Es entstand eine gespannte und nervige Stille, nur das Surren des Kühlschrankes, in dem Martin die bestellte Kuhmilch für Oma Luise aufbewahrte, war leise zu hören, als plötzlich die Tür geöffnet wurde und die Klingel die knisternde Stimmung lautstark unterbrach.

Damit hatte der Schütze nicht gerechnet, aber es war nun nicht mehr zu ändern. Er schoss auf Martin, aber er verfehlte ihn. Da Martin die junge Frau schon vorher eintreten sah, konnte er in dem Moment unter den Tresen hechten, als sich der Todesschütze nach der Tür umdrehte. Dieser Sekundenbruchteil genügte, um dem Schuss auszuweichen. Die Patrone schlug mit lautem Knall in die hinter Martin stehenden Marmeladengläser ein. Die Erdbeermarmelade spritzte in alle Richtungen, weitere Gläser mit Johannisbeerengelee fielen zu Martin herunter. Blieben aber ganz. Nun wurde es hektisch. Die junge Frau hatte ebenfalls nicht damit gerechnet, zu dieser Zeit in eine Schießerei verwickelt zu werden. Die Schrecksekunde nutzte der Kerl mit der Pistole aus, um mit einem Satz bei ihr zu sein und drückte seine Waffe an ihre Schläfe. Gleichzeitig nahm er sie in den Schwitzkasten.

Sie überlegte fieberhaft, was sie tun sollte, kam aber zu dem Entschluss, lieber nichts zu tun. Zu gefährlich für sie, obwohl sie ihn eventuell niederstrecken hätte können, da sie in Kampfsportarten unterrichtet worden war.

Der Schütze zerrte sie zur Tür und schrie ihr entgegen: „Tür aufmachen und keinen Mucks, sonst knallt's!"

Martin robbte inzwischen zum Alarmknopf und drückte wie ein Wilder darauf herum. Seine Nerven lagen blank, aber er blieb in Deckung. Erst als er die Türklingel ein zweites Mal hörte, lugte er vorsichtig hinter einem orangenen Kürbis hervor. Sie waren beide draußen. Martin riskierte es jedoch nicht aufzustehen.

Inzwischen war es außerhalb des Hofladens laut geworden. Die eingebaute Sirene ertönte mit einem auf- und abschwellenden Ton und signalisierte der Nachbarschaft, dass Gefahr im Verzug war. Die Zentrale in Ronnenberg wurde gleichzeitig informiert und entsendete sofort einen Streifenwagen.

Der große Kerl zerrte seine „Gefangene" zum Transporter.

„Mach die Seitentür auf und keine falsche Bewegung!"

„Lassen sie mich los, ich nütze ihnen doch nicht."

„Von wegen, Du bist mein Freifahrtschein hier heraus", und stieß ihr die Waffe mit voller Wucht an die Schläfe. Die junge Frau konnte nichts dagegen tun, ihre Beine sackten einfach weg. Mit einem weiteren Stoß mit seinem Ellenbogen in ihre Rippen, den sie schon nicht mehr spürte, wurde sie unsanft ins Wageninnere geschleudert. Der Grobian verschloss die Tür, sprintete ums Auto herum und fuhr mit durchdrehenden Reifen vom Hof herunter. Hinter der nächsten Kurve verschwand der Wagen in Richtung Weetzen.

Keine Minute später kam der Streifenwagen auf den Hof gefahren. Die beiden Beamten stiegen eilig aus und sprinteten in den Hofladen. Als sie mit gezückten Waffen die Marmelade an der Wand sahen, befürchteten sie das Schlimmste.

„Nicht schießen, ich bin der Besitzer und komme nun langsam hervor."

„Was ist passiert? Ich dachte schon, sie sind getroffen worden", und zeigte an die Wand hinter dem Tresen.

„Zum Glück konnte ich ausweichen, als dieses junge Ding durch die Tür kam, war der Täter abgelenkt."

„Wie sah der Täter aus? Und stellen sie endlich die laute Sirene ab!" Martin ging an den Sicherungskasten und schaltete die Sirene aus. Nebenbei erklärte er: „Das wissen doch ihre Kollegen, Hauptkommissar Schaft und seine Männer waren gestern hier. Rufen Sie ihn bitte an. Er kennt sich aus."

„Okay. Thomas kannst Du bitte Edmund informieren. Ich denke, hier ist irgendetwas Komisches im Busche. Ich bleibe bei Herrn …"

„Pflug, Martin Pflug."

„Wo ist dieses „junge Ding", wie alt ist sie, können Sie sie beschreiben?"

„Na, ich würde mal sagen, noch keine dreißig Jahre alt. Blonde Haare, blaue Augen, ca. 1,75 m groß, sportlicher Typ. An mehr kann ich mich nicht erinnern. Ich habe sie nur kurz gesehen, als sie um den Transporter herumging, um in meinen Hofladen einzutreten. Der Schütze zielte während dieser Zeit immerhin mit einer Waffe auf mich."

„Welcher Schütze und welcher Transporter?

Martin erzählte ihnen alles, auch, dass er die junge Frau vorher noch nie hier gesehen hatte.

In der Ronnenberger Zentrale stürmte der diensthabende Beamte in den Ruheraum und weckte Edmund Schaft. Er musste kräftig an ihm rütteln.

„EH, was soll das?", schnauzte Edmund seinen lauten und ungebetenen Gast an.

„Edmund, aufwachen, im Hofladen von Martin Pflug gab es einen Überfall mit Schusswechsel."

„WAAAAS?", stieß er verwirrt hervor.

Edmund sprang mit einem Satz von der Matratze, musste sich aber gleich bei seinem Kollegen festhalten. Ihm war schwindelig, vermutlich von der Kopfverletzung. Doch gleich darauf rannten die beiden den Flur entlang. Im Laufen zückte Edmund sein Handy, entschied sich aber dafür, Heinrich und Andre per Funk zu informieren.

Kurze Zeit später fuhr Andre zur Zentrale zurück, setzte seinen Kollegen Stefan ab und Edmund schwang sich gekonnt in die Limousine.

Heinrich und Michael fuhren mit Blaulicht in rasender Geschwindigkeit von Wennigsen zum Hofladen.

In der Zwischenzeit herrschte auf dem Hof reges Treiben durch Schaulustige, sowie Vertretern der lokalen Presse. Das weiß-rote Absperrband versperrte bereits die Hofeinfahrt. Als die beiden Dienstwagen von Andre und Heinrich zeitgleich eintrafen, öffnete Thomas Schütz, ein Beamter der Polizei Wennigsen, die Zufahrt zum Hof. Einige Schaulustige versuchten unter dem Band mit dem Handy eine Sensationsaufnahme zu machen. Thomas unterband dieses Vorhaben mit der Drohung vom Entzug des Telefons und einer Anzeige wegen Nichteinhalten des Datenschutzes. Grummelnd steckten die wissbegierigen Zuschauer ihr Handy wieder in die Tasche.

Selbst Oma Luise stand in Puschen und einem dicken Ledermantel auf dem gegenüberliegenden Bürgersteig und dachte: „Na hoffentlich ist meinem Lieblingshofladenbesitzer Martin nichts zugestoßen. Wo soll ich denn sonst meine Milch und Tageszeitung kaufen?"

Nachdem sie ihre Autos vor dem Hofladen geparkt hatten, befahl Edmund: „Michael und Heinrich, ihr beide befragt mal die Meute hinter der Absperrung, ob jemand etwas gesehen oder gehört hat. Andre und ich gehen schon mal rein und sichern uns die Videos der Überwachungskamera."

Im Hofladen selbst war es ruhig. Martin Pflug saß auf seinem Tresen und baumelte mit den Beinen. Wohl eher zur Beruhigung, denn als Edmund ihn ansah, merkte er, dass seine Augenlider leicht zitterten.

„Hallo Herr Pflug, schön Sie zu sehen. Konnten Sie sich schon ein bisschen beruhigen?", erkundigte sich Edmund, Andre nickte ihm freundlich zu.

„Ja, geht schon wieder. Aber ich werde wohl heute noch einen Arzt aufsuchen, um mir eine Beruhigungsspritze geben zu lassen. War für mich das erste Mal, dass ich mit einer Waffe bedroht wurde."

„Was ist genau passiert?"

„Kurz vor Eins kam der große Kerl in den Laden, Sie wissen schon, der den letzten Eimer Sirup gekauft hatte und bedrohte mich mit seiner Waffe. Ich habe ihn sofort wiedererkannt."

„Hat er irgendetwas gesagt, wieso oder warum er das tut?"

Martin schilderte ihm den Ablauf und Andre notierte sich alles. Als Martin geendet hatte, bat Edmund: „Können wir uns das Video von heute ansehen?"

„Selbstverständlich, kommen sie, wir gehen in mein Büro, dort steht der Rechner", und alle drei verließen den Verkaufsraum.

Draußen wurde es ungemütlicher. Der leichte Nieselregen verstärkte sich und es fielen nun größere Tropfen vom Himmel. Das hatte zur Folge, dass die Menschenmenge schlagartig kleiner wurde. Nur ein Ehepaar blieb noch an der Absperrung stehen. Ein paar Meter weiter hinten machte ein Reporter ein paar Bilder vom Hofladen und gesellte sich langsam zu dem Ehepaar, ohne eine Frage zu stellen. Er wusste, dass er gleich alle Informationen aus erster Hand zu hören bekam.

Michael und Heinrich gingen auf die beiden zu, um zu beurteilen, ob sie etwas gesehen hätten.

„Guten Tag Herr Polizist. Ja, wir haben etwas gesehen und gehört. Wir waren gerade beim Ausladen unseres Einkaufes, als der Schuss im Laden fiel. Unsere Garagen sind dort hinten, ca. 50 Meter auf der anderen Straßenseite."

„Edgar, stell uns doch erstmal vor, damit die beiden Herren von der Polizei wissen, wer vor ihnen steht."

„Ach ja, Eleonore, da war ich wohl zu schnell."

Sie schüttelte nur den Kopf und zog eine Grimasse, die verriet, dass es nicht das erste Mal war.

„Also meine Herren, wir sind Eleonore und Edgar Mair, wohnhaft in Ihme-Roloven, hier an der Wettberger Straße, und zwar schon seit über 50 Jahren, und…"

Seine Frau stöhnte und schnitt ihm das Wort ab: „Edgar, das will doch keiner wissen. Also, das gibt es doch wohl nicht."

Sie schaute Heinrich an und erzählte alles, was die beiden gesehen hatten. Sie konnten eigentlich nur den Lieferwagen sehen, wie er mit quietschenden Reifen vom Hof fuhr. Aber sie hatten den Schriftzug an der Fahrerseite gesehen. Und den Fahrer, wie er wild fluchend an ihnen vorbeifuhr.

„Es war ein großes D mit einem ebenso großem S auf der Tür. Daneben war noch etwas abgedruckt, das konnten wir aber nicht so schnell entziffern, da diese Schrift kleiner war und der Fahrer sehr schnell gefahren ist. Dafür war auf dem Nummernschild die Zahl „1966" zu sehen. Ich konnte es mir sofort merken, ist unser Hochzeitsjahr."

„Das hilft uns ja schon mal ein Stück weiter", meinte Michael und notierte die Info schnell in sein Notizbuch. Heinrich frug weiter: „Ist ihnen sonst noch etwas aufgefallen?"

„Ja", erklärte Edgar, „Gleich danach ist ein Polizeiwagen auf den Hof gefahren."

Seine Frau schüttelte erneut den Kopf, hakte sich bei ihrem Mann unter und sprach: „Mehr kann mein Mann ihnen nicht sagen und wenn sie ihn morgen fragen, weiß er leider nichts mehr. Falls es ihnen nichts ausmacht, der Regen ist nicht gut für seine Arthrose. Unsere Namen habe sie ja, wenn wir noch helfen können, rufen sie uns an. Auf Wiedersehen."

„Schönen Tag noch und vielen Dank."

Eleonore hob ihren freien Arm in die Höhe zum Winken, als die beiden schon wieder auf dem Rückweg zu ihrer Garage waren.

Michael und Heinrich schauten ihnen nach. Erst jetzt bemerkten sie den kleinen Wagen in einer Parkbucht unweit des Hofladens stehen. Heinrich stupste Michael an und beide rannten auf den Wagen zu. Es gab keinen

Zweifel, dieser Aufkleber auf der Heckscheibe war einzigartig. So schnell sie konnten liefen sie zum Hofladen zurück. Die Klingel ertönte im Büro, indem Edmund und Andre fassungslos die Filmaufnahme der Überwachungskamera anschauten, als Heinrich und Michael hineinstürmten.

Edmund machte eine Geste, dass sie leise sein sollten. Anschließend gab er den Blick auf den Monitor frei. Was Heinrich dort sehen musste, versetzte seinem Herzen einen Stich und Michael konnte nur sagen: „Verdammt!"

„Das kannst du wohl laut sagen, Michael", meinte Heinrich und ergänzte für seinen Chef, „Edmund, wir haben eben ihren Wagen in der Nähe entdeckt."

Alle schauten gebannt auf den Monitor und mussten mit ansehen, wie der Täter ihrer Kollegin Andrea Hellwisch mit seiner Pistole gegen den Kopf schlug. Anschließend schubste er sie gewaltsam auf die Ladefläche des Transporters, verschloss die Schiebetür und raste wie ein Wahnsinniger davon.

Nachdem das Video geendet hatte, drehte sich Edmund zu seinen Kollegen um. Er wirkte nervöser als sonst, stellte Heinrich fest. Er selbst versuchte nicht zu zeigen, was er über diesen Kerl dachte.

„Okay, nun haben wir auch noch eine gewaltsame Entführung unserer Kollegin am Hals. Jedoch ist das Video aufschlussreicher als die von gestern Abend. Dürfen wir kurz Ihr Büro benutzen?", wandte sich Edmund an Martin Pflug.

„Selbstverständlich. Wollen sie auch gleich wieder eine Kopie von dem Video haben?"

„Sehr gern", meinte Michael und reichte ihm einen USB-Stick.

Nachdem Herr Pflug das Video kopiert hatte, ließ er die Beamten allein und verschloss die Tür, schließlich musste er noch einige Dinge für die Trauerfeier seines Bruders regeln.

Heinrich zückte sein Handy, Michael sein Notizbuch und Edmund startete die kleine Besprechung.

„Als Erstes brauchen wir bitte den Polizeihubschrauber, er soll die Gegend im Großraum Ronnenberg, Weetzen und Gehrden abfliegen. Vielleicht entdeckt er ja unseren weißen Lieferwagen. Wie ihr auf dem Video gesehen habt, war diesmal das Zeichen auf der Beifahrertür und an der Laderaumtür gut zu lesen. D.S.-Transporte in Ronnenberg. Somit sollten der Halter und sein Wohnort schnell ermittelt sein. Des Weiteren versucht ihr bitte Andrea auf ihrem Handy anzurufen."

Das brauchte er Heinrich nicht zweimal zu sagen, denn er hatte es schon nebenbei versucht, sie zu erreichen. Es ging jedoch nur die Mailbox an. Entweder hatte sie es ausgeschaltet oder der Unbekannte hatte es ihr abgenommen und den Akku entfernt. Edmund nickte verärgert und konnte es nicht lassen, leise zu fluchen: „Verflixt nochmal!"

Michael schrieb die Daten von der Beifahrertür auf und verließ dann den Raum, um am Einsatzfahrzeug eine Personenermittlung über die Zentrale anzustoßen. Edmund blickte Heinrich an und wusste, dass dieser im Moment Höllenqualen erlitt. Ihm selbst war auch nicht wohl bei dem Gedanken an Andrea. So ruppig, wie sie behandelt wurde, konnte sie inzwischen irgendwo schwerverletzt oder tot im Graben liegen.

„Ich denke, dass der Kerl sie nicht umgebracht hat, Heinrich. Sonst hätte er es gleich an Ort und Stelle tun können. Ich vermute, er wollte damit einen gesicherten Abgang haben, falls unsere Kollegen schon anwesend gewesen wären."

„Genau diese winzige Hoffnung habe ich auch und alles andere verdränge ich, so gut ich kann."

Kaum eine Minute später standen die Daten vom Halter fest und wurden an Heinrich per E-Mail ans Handy gesendet und er las die Daten laut vor.

„Der Halter ist ein gewisser Dieter Stange, Transporte aller Art, Adresse: Am Hirtenbach in Ronnenberg. Die Wohnung selbst ist in der Wilhelm-Humbeck-Straße. Aber...", Heinrich stutzte und führte seine Nachricht zu Ende, „Aber dieser Dieter Stange ist seit dem 31. August verstorben."

„Und wer hat dann den Transporter gefahren? Sein Geist?", wollte Andre wissen.

Edmund staunte über Andres Frage, tat es jedoch als Nervosität ab. Heinrich rollte mit seinen Augen und verdeutlichte dann seelenruhig: „Kein Geist, Andre. Dieter Stange hat einen Sohn mit Namen Helmut und bei der Abfrage der Kollegen im Präsidium leuchteten alle Lampen am Computer rot auf. Er war schon mal im Gefängnis wegen schwerer Körperverletzung, Autodiebstahl, Drogenhandel usw. usw. hat seine Strafe von 8 Jahren in der JVA Celle abgesessen. Wenn ihr mich fragt, haben wir endlich den richtigen Hinweis auf die Identität des Täters. Laut den Daten ist Helmut Stange 1,99 Meter groß und wog bei Entlassung über 110 KG. Nur Muskeln, die er sich während seines Aufenthaltes in Celle antrainiert hatte. Ich habe auch ein Bild bekommen und wenn ich in dieses Gesicht schaue, dann ist es genau der Kerl, der vorhin hier war. Das komplette Dozier von ihm liegt Dir per E-Mail vor, Edmund."

Heinrich drehte sein Handy um, damit alle das Bild ansehen konnten.

Edmund nickte und Michael bestätigte: „Du hast Recht Heinrich, es fehlt nur noch die Mütze, aber das markante schlanke Gesicht stimmt sehr genau mit dem auf der Videoaufnahme überein."

„Was schlägst Du vor Edmund? Was sollen wir nun tun?"

„Hm, hier können wir die Zelte abbrechen. Achim Bär und seine Leute kommen gleich, um die Kugel aus der Wand zu ziehen und werden vielleicht noch weitere Hinweise finden. Heinrich, Du fährst mit Michael die Strecke langsam nach Weetzen ab, vielleicht findet ihr ja irgendeine Spur von Andrea. Der Täter ist ja dank der Zeugenaussagen dorthin weggefahren. Andre und ich fahren zur Transportfirma und schauen uns dort um, brauchen aber noch Verstärkung aus Gehrden, die fordere ich gleich an. Diese können dann vor dem Wohnhaus Aufstellung nehmen, wobei ich glaube, dass der Täter gewieft genug ist, um zu wissen, dass wir ihn dort sofort verhaften."

„Na dann mal los, schnappen wir uns diesen Mistkerl", meinte Michael zu Heinrich.

„Ach ja, ruhig die Strecke häufiger abfahren und da wir jetzt wissen, dass er in Ronnenberg wohnhaft ist, könnte es sein, dass er von Weetzen irgendwann zurückfahren will", gab Edmund zu bedenken.

Alle vier verließen das zur Verfügung gestellte Büro und verabschiedeten sich von ihrem Besitzer. Wie von selbst schaute Michael auf seine Armbanduhr und notierte die Zeit in seinem Notizbuch: 14:48 Uhr, die Jagd begann.

Jens war klitschnass aufgewacht. Der Traum war noch intensiver und gewalttätiger als der letzte. Er traute sich kaum die Augen wieder zu schließen. Sein Herz raste und er spürte seinen Puls an der Halsschlagader klopfen. Er musste husten, da seine Kehle total ausgetrocknet war.

„Vermutlich habe ich geschnarcht oder nur durch den Mund geatmet", dachte er.

Er schaute sich im Zimmer um, suchte Andrea, konnte sie nirgends entdecken. Er drückte den Klingelknopf für das Schwesternzimmer. Es dauerte diesmal extrem lang, bis endlich jemand im Zimmer erschien.

„Was kann ich für Sie tun?", wollte Schwester Irina von ihm wissen.

„Wo ist Andrea? Ich muss sie sprechen."

„Keine Ahnung, wo sie bleibt. Sie ist vorhin, so gegen 12:30 Uhr weggefahren und wollte schon längst wieder hier sein. Ich weiß' nicht, wo sie hinfahren wollte. Sie erwähnte nur, dass es nicht lange dauern werde."

„Schon gut, Sie brauchen sich nicht zu entschuldigen. Dann warte ich halt. Aber ich habe eine Frage. Kann ich ein neues Nachthemd bekommen, dieses ist total durchgeschwitzt und klebt."

„Natürlich, kein Problem. Moment, ich hole Ihnen ein Frisches", und sie verschwand wieder aus dem Zimmer. Zwei Minuten später öffnete sich die Tür und Jens freute sich endlich Andrea wiederzusehen. Aber es war Schwester Adriana und reichte ihm das neue Nachthemd.

„Hallo, ich bin ab jetzt hier. Schwester Irina hat Feierabend. Soll ich ihnen helfen?"

„Ja bitte, ich fühle mich immer noch schlapp. Ich würde zwar gern ein bisschen herumlaufen, habe aber Angst, dass ich wieder einen Nervenschock bekomme. Der Arzt meinte auch, dass ich es noch nicht soll."

„Die Dosis ist ja jetzt niedriger. Wenn sie wollen, begleite ich sie ein bisschen. Dann können Sie sich draußen auf dem Gang ein wenig bewegen."

Nachdem er sein Nachthemd gewechselt hatte, gingen die beiden langsam den Flur entlang. Viermal schaffte es Jens, den 30 Meter langen Gang langsam entlang zu schleichen. Schwester Adriana musste allerdings kurz nachdem sie losgegangen waren, zu einem anderen Patienten im Nebenzimmer, der wie wild die Klingel drückte. Somit versuchte er es allein und kam nach fünf Minuten an die Tür, die nur aufgemacht wurde, wenn sich jemand vorher telefonisch im Schwesternzimmer anmeldete. Ist schließlich die Intensivstation. Immer wieder ertappte er sich dabei, wie er sehnsüchtig zur Tür schaute, als diese geöffnet wurde. Leider kam Andrea nicht herein.

Nach einer knappen halben Stunde ging er enttäuscht in sein Zimmer zurück. Er setzte sich aufs Bett und versuchte sie per Handy anzuklingeln. Wieder nichts, nur die Mailbox startete. Nach drei Fehlversuchen, Andrea zu erreichen, sprach er nun doch eine einfache Nachricht darauf: Hallo Andrea, wo bist Du? Ich brauche Dich hier. Bitte melde Dich oder noch besser, komm schnell wieder zu mir. Bis gleich."

Was Jens nicht wusste, war die Tatsache, dass sie nicht antworten konnte.

Zur selben Zeit, als Jens auf ihrem Handy anrief, wurde sie langsam wach. Ihr Kopf hing schwerelos auf ihrer Brust und sie hatte Mühe, ihn aufzurichten. Ihre Hände waren an einen alten Bürodrehstuhl gefesselt und in ihrem Mund steckte ein Knebel, der mit einem Panzerband gesichert war. Sie versuchte ihre Hände zu lösen, aber auch hier ließ sich das Panzerband nicht bewegen. Sie öffnete ihre Augen und stellte fest, dass das rechte Auge ein wenig verklebt war. Sie konnte den Stuhl nicht bewegen oder rollen. Die Rollen waren einfach abgezogen worden, somit stand er bombenfest auf dem Boden. Ihre Füße waren ebenfalls zusammengebunden, aber sie konnte sich mit dem Stuhl langsam drehen und untersuchte den Raum mit ihren Augen. Mit den Füßen konnte sie den Stuhl stückchenweise im Kreis bewegen.

Der Raum war sehr groß und nahezu leer. Auf der ersten Seite standen ein defekter Schrank und ein ebenso altes Modell von einem Rollcontainer daneben. Die Türen hingen so schief am Schrank, dass er nicht mehr richtig geschlossen werden konnte. Über dem Rollcontainer hing ein altes Bild, das einen älteren Mann mit Bart zeigte. Auch die Aufnahme schien sehr alt zu sein. Es war nur ein schwarz-weißes Bild mit einem vergilbten

Holzrahmen, von dem die goldene Farbe abblätterte. Die nächste Wand war leer, nur die viereckigen grauen Schmutzspuren auf der weißen Wandfarbe ließen erkennen, dass dort wohl auch mal Bilder gehangen hatten. An der dritten Wand war wenigstens ein Fenster. Auch alt, keine Doppelverglasung, nur einfaches Holz und das linke Fenster war gesplittert, aber nicht herausgefallen. Dahinter konnte sie eine grüne Dornenhecke erkennen, an der noch vereinzelt ein paar orangene kleine Perlenfrüchte hingen. Andrea vermutete, es sei Sanddorn. Dann drehte sie sich zur vierten Wand und erschrak, wollte fliehen, aber das Panzerband hielt sie fest. Ihr gegenüber saß in knapp drei Meter Entfernung der Kerl aus dem Hofladen in einer Art Chefsessel und grinste sie breit an.

„Hallo mein Täubchen. Leider warst Du zur falschen Zeit am falschen Ort. Ich persönlich habe nichts gegen Dich, aber gehen lassen kann ich Dich auch nicht mehr."

Andrea wollte etwas sagen, bekam jedoch nur ein „Hm" heraus. Sie versuchte erneut sich aus dem Stuhl zu lösen oder zu erheben. Als sie sich erheben wollte, zückte er seine Waffe aus der Jackentasche, zielte auf sie und sprach sie ruhig an: „Halt Zuckerpuppe, hat keinen Zweck, die Bänder werden halten. Unter dem Panzerband sind noch Kabelbinder angebracht."

Nach diesem Satz musste er laut loslachen und sprach mit sich selbst: „Haha, Zuckerpuppe, das passt ja richtig gut, hahaha. Helmut, damit hast du dich selbst übertroffen."

Er steckte die Waffe wieder ein, erhob sich und kam lässig, die Hände in den Hosentaschen, auf Andrea zu. Der Umstand, dass sie an den Stuhl gefesselt war, ließ diesen Mann noch größer aussehen, als er war. Andrea schätzte ihn auf zwei Meter, aber aus ihrer Perspektive kam es ihr vor, als würde Gulliver vor ihr stehen. Er zog die Hände heraus, streckte sie vor und betatschte ihren weichen Busen. Andrea versuchte zu schreien, was sie auch tat, aber es kam kaum ein Laut aus ihrem Mund hervor. Sie schüttelte sich so gut es ging, versuchte ihre Füße einzusetzen, aber auch das funktionierte nicht. Sie beruhigte sich wieder und Helmut ließ ihren Busen los.

„Okay, Du hast also verstanden, dass Dein schöner Körper in meinen Händen liegt. Ich nehme Dir jetzt den Knebel heraus, aber nur, wenn Du artig bist und nicht herumbrüllst. Davon mal ganz abgesehen, hier kann dich eh niemand hören."

Andrea nickte und ihre Augen symbolisierten ihm ein Anzeichen von Resignation.

Helmut zog mit einer Hand das Panzerband in einem Ruck von ihrem Mund ab.

„Aua, das tat weh, Du Mistkerl! Wo bin ich und wieso bin ich gefesselt?"

„Sei still! Ich stelle hier die Fragen."

Andrea musste sich zwingen, ruhig zu bleiben. Innerlich grummelte es jedoch in ihrem Bauch. Der nächste Gedanke war an Jens: „Er macht sich bestimmt schon Sorgen und versucht mich zu erreichen."

„Wo ist mein Handy?"

Andreas Kopf schleuderte nach links, als er sie mit seiner riesigen Pranke ins Gesicht schlug und schrie: „ICH stelle hier die Fragen, also halt endlich die Klappe!"

Ihr Gesicht brannte und sie konnte es nicht verhindern, dass sich ihre Augen mit Tränen füllten. Sie war ihm gnadenlos ausgeliefert.

„Also, wer bist Du?"

Andrea wollte erst nicht antworten, doch als er die Hand wieder erhob, enthüllte sie schnell ihren Namen.

Er nahm sein Handy in die Hand und startete eine Suchabfrage über das Netz. Innerhalb von wenigen Sekunden sah er ihr Bild in etlichen sozialen Netzwerken. Bei einem Bild stutzte er und sah sie mit breitem Grinsen an und meinte: „Nettes Bild. Ist das etwa Dein Freund?" und hielt das Handy vor ihre Augen. Nun kullerten Tränen herunter auf ihre Jeans. Sie nickte, ohne ein Wort zu sagen.

„Ach, da fällt mir ein, Dein Handy ist aus der Hosentasche gerutscht, als Du in meinem Transporter „*eingestiegen*" bist. Ich habe es bemerkt, als es in einer Kurve über den Transporterboden polterte. Ich musste eine Vollbremsung machen, um es sofort auszuschalten. Und mein Handy hat eine Prepaid-SIM-Karte, ganz frisch von gestern. Also eine Ortung durch die Polizei ist nicht mehr möglich, meine Süße."

„Ich bin nicht ihre Süße, Du…" weiter kam sie nicht. Wieder klatschte seine Hand in ihr Gesicht, diesmal auf die andere Seite.

„Arme Andrea, Du bist ganz schön störrisch und nicht lernfähig. Ein Wunder, dass Dein Freund das so mitmacht. Aber gut, er wird Dich eh nicht wiedersehen."

Andrea traute ihren Ohren nicht und geriet ins Schwitzen, obwohl es ihr eiskalt den Rücken herunterlief. Sie verspürte Angst, die mehr und mehr von ihr Besitz ergriff. Sie versuchte, sich zu beruhigen, um klar denken zu können. Helmut ging zu dem Chefsessel zurück und versuchte noch mehr Informationen aus dem WWW-Netz über Andrea herauszubekommen. Andrea ahnte es, wieso musste sie auch unbedingt die Bilder von der Polizeischule online stellen. Als Helmut die Bilder erblickte, riss er die Augen auf und pfiff leise durch seine gelben Zähne.

„Donnerwetter. Du bist also bei der Polizei", stellte er fest.

„Lässt sich nicht leugnen."

„Dann bist Du mit dem Fall Rainer Pflug vertraut, nicht wahr? Warum solltest Du auch sonst bei seinem Bruder auftauchen?"

„Ich bin beurlaubt worden!"

„Warum?"

„Sag ich nicht!"

Helmut sprang wie von der Tarantel gestochen auf, machte einen riesigen Satz auf sie zu und schüttelte sie mitsamt dem Stuhl kräftig durch. Anschließend drehte er sie rasend schnell um ihre eigene Achse. Übelkeit stieg in ihr hoch, sie war kurz vor dem Erbrechen als er nach rund zwanzig Drehungen abrupt stoppte. Er stand hinter ihr, legte seine Hände um ihren Hals und drückte langsam zu und wiederholte seine Frage mit butterweicher Stimme: „Warum warst Du im Laden?"

Hastig überlegte Andrea, ob sie schweigen sollte und er sie damit einfach umbringen könnte, dann bräuchte sie nicht länger leiden. Letztendlich antwortete sie so gut es mit zugedrückter Kehle ging: „Ich… ich wollte den Menschen kennen lernen, der meinen Freund vergiftet hat, den Besitzer des Hofladens."

Er nahm seine Hände von Andreas Kehle und drehte sie zu sich herum. Er stützte sich auf den Armlehnen ab und schaute ihr zehn Sekunden lang direkt in ihre Augen. Andrea musste es wohl oder übel ertragen, dass er fürchterlich aus dem Hals stank. Anschließend erhob er sich und steckte seine Hände wieder in die Hosentaschen zurück.

„Ich glaube Dir. Nun weiß ich aber wenigstens, dass deine Kollegen, es sind doch deine Kollegen, oder?", er erwartete keine Antwort, sprach einfach weiter, „Es sind deine Kollegen und sie wissen, dass der Sirup vergiftet war. Aber wieso wurde er dann nicht verhaftet?"

„Ich weiß es nicht", antwortete Andrea. Helmut wollte gerade seine Hand erheben, als sie ihrem Gegenüber darstellte: „Ich war zu dem Zeitpunkt schon beurlaubt."

Sie tat es in einem so ruhigen Ton, dass Helmut es nicht anzweifelte. Er ging im Raum auf und ab und überlegte seine nächsten Schritte. Andrea nahm an, dass ihre Kollegen bereits wussten, wer er ist, und sein Wagen bestimmt schon per Hubschrauber gesucht wird. Kaum hatte sie den Gedanken zu Ende gedacht, hörte sie draußen das typische Geräusch eines Polizeihubschraubers. Helmut schien es nicht zu beeindrucken. Er hörte es auch, schritt aber weiter nachdenkend durch den Raum.

Andrea lächelte sogar bei den immer lauter werdenden Geräuschen. Helmut schaute sie an und grinste.

„Mach Dir keine Hoffnung, Zuckerpüppchen, hier drinnen findet uns niemand."

Er ging zur Tür und öffnete sie einen Spalt und wandte sich wieder an Andrea: „Selbst mein Transporter hat in diesem Gebäude Platz gefunden. Somit wird er selbst aus der Luft nicht gesehen. Und das Dach ist gut geschützt gegen Wärmestrahlung. Selbst einen Elefanten könnte man hier nicht finden."

Andreas Lächeln versiegte und sie dachte: „Dieser Schuft hat aber auch an alles gedacht."

Schließlich versuchte sie einen anderen Trick, um ihn aus der Fassung zu bringen.

„Wir können ja nicht ewig hier bleiben, irgendwann müssen Sie ja mal raus um zu Essen oder ...apropos ich habe Durst und müsste auch langsam mal auf die Toilette."

Helmut schaute sie merkwürdig an. Daran hatte er in der Tat nicht gedacht. Andrea konnte erkennen, was er dachte.

„Das Wort „Ewig" ist die Antwort auf Deine Frage, wie es mit der Toilette funktioniert."

Er ging zum Rollcontainer, drehte vorher Andrea in diese Richtung, damit sie sehen konnte, was er als nächstes tun würde. Er öffnete den alten klapprigen Schrank und gab die Sicht frei auf sein Inneres. Andrea fing an zu zittern. Hinter den Türen stand ein Digitalwecker und fünf Stangen Dynamit waren mit Panzerband zu einem Bündel zusammengebunden.

„Du siehst, ich halte mein Versprechen, dass Du Deinen Freund nie mehr wiedersehen wirst. Ich bin dann jedoch nicht mehr hier, schade um Dich, Zuckerpuppe."

Die Augen von Helmut fingen nun an merkwürdig zu leuchten und er sang mit frivolem Lächeln:" Die Rache ist mein, haha."

Andrea war sprachlos und er schaute sie an und meinte dann: „Ach ja, im Übrigen ist in diesem Haus mehr Sprengstoff als Du vertragen wirst. Wie gesagt, Du warst zur falschen Zeit am falschen Ort."

„Kann ich wenigsten mein Handy wieder zurückhaben?"

„Na klar, ich lege es hier in den Chefsessel, aber es wird Dir nichts mehr nützen. Ich vermute, es wird ebenfalls, genau wie Dein schöner Körper, in Stücke gerissen."

Andrea schloss ihre Augen und ließ resigniert ihren Kopf hängen. Im Moment sah sie keine Möglichkeit, aus diesem Albtraum, der keiner mehr war, zu entfliehen und dachte: „Schade Jens, ich werde Dich wohl nie mehr wiedersehen, aber ich werde Dich bis zur letzten Sekunde lieben!"

Kap.20: Mittwoch, 17.10.2018, 15:34 Uhr

Der Mann auf ihrem kalten Tisch sah friedlich schlafend aus, wenn man sein Gesicht betrachtete. Nur der geöffnete Torso ließ erkennen, dass dieser Mensch gestorben war. Juliane musste ihn obduzieren, damit selbst bei einem natürlichen Tod, der Sterbegrund von einer unabhängigen Person nochmals bestätigt wird. Zu häufig wurde in der Vergangenheit wohl von einem Arzt die falsche Diagnose in den Totenschein geschrieben. Sie hatte die Analyse des behandelnden Arztes auf dem Tisch nebenan liegen und verglich die Aufzeichnungen mit ihren. Sie kam nach ihrer Diagnose auf denselben Grund des Todes. Luftarmut, weil der Mann etwas Sperriges verschluckt hatte. Das sperrige Stück lag in der Nierenschale. Kaum zu glauben, aber er hatte sich an einem großen, unzerkauten Schnitzelstück verschluckt.

„Tja, das kommt davon, wenn man zu gierig sein Essen hinunterwürgt."

Sie diktierte die letzten Sätze in das Diktiergerät und begann damit, die Leiche wieder zu verschließen, als das Telefon auf ihrem Schreibtisch klingelte. Sie unterbrach ihre Arbeit, zog die blutverschmierten Einmalhandschuhe von ihren Händen und warf sie gekonnt in den zwei Meter entfernten Mülleimer.

„Schacka, 1:0 für mich", nahm den Hörer auf, setzte sich auf den Bürodrehstuhl und meldete sich.

„Gerichtsmedizinerin Moder am Apparat, was kann ich für sie tun?"

„Na, Du bist ja gut drauf. Hier bin ich."

„Hi Lorenzo, was gibt es denn? Wehe Dir, wenn Du für heute Abend absagen willst?"

„Nein, es bleibt dabei, 18:30 Uhr bei mir. Ich zaubere uns was Nettes zu Essen, ist aber eine Überraschung."

„Ich liebe Überraschungen."

„Deshalb muss ich auch gleich los. Ich komme heute nicht mehr zu Dir ins Büro."

„Ist zwar schade, aber bis halb sieben ist ja nicht mehr lange hin. Aber was ist denn bei der Analyse herausgekommen?

„Ich habe die Analyse der Kleidung abgeschlossen und an die Spurensicherung von Achim Bär weitergeleitet. Alles Weitere wird sein Team analysieren. Ich habe in der Tat unterschiedliche DNA auf dem Hemd gefunden. Hast Du etwas Neues von Jens erfahren?"

„Nee, nicht wirklich. Ich muss hier noch die „*Kaltspeise auf Eis legen*", danach wollte ich zu ihm auf die Intensivstation gehen."

„Nimm liebe Grüße von mir mit, Juliane."

„Mach ich. Ich freue mich auf dein kulinarisches Menü, bis später."

Anschließend sprach sie die Ergebnisse ins Diktiergerät, vollendete ihre Arbeit an der Leiche, schob den Metallwagen zum Kühlhaus, nachdem sie den Schnitzelfreak zugedeckt hatte. Da sie den schweren Mann jedoch nicht allein ins Kühlfach schieben konnte, musste sie auf Georg aus dem Nachbarlabor warten. Er wollte um 16:30 Uhr kurz vorbeischauen, um ihr zu helfen, alle vier untersuchten Leichen in die vorgesehenen Kühlfächer zu schieben. Nun merkte sie, wie sehr Jens ihr bei den Obduktionen fehlte. Sie verließ den Kühlraum, ging in ihr Büro und verfasste die gesprochenen Worte in schriftlicher Form am Laptop. Um 16:10 Uhr beendete sie die Arbeit an den Berichten, schaltete ihn aus und verschloss diesen im Schrank.

Zwei Minuten später stand sie bei Jens im Zimmer. Er war wach, lag im Bett und schaute sie, erfreut zum einen, aber auch beunruhigt an. Sie war noch nicht ganz an sein Bett herangetreten, als er sie aushorchte, ob sie etwas von Andrea gehört hätte.

„Nein, ich habe nichts von ihr gehört und eigentlich dachte ich, sie sei bei Dir."

Sie nahm ihr Handy aus der Kitteltasche und schaute nach, ob sie eine Nachricht bekommen hatte. Doch nichts deutete daraufhin.

„Ist doch sonst nicht ihre Art", dachte sie, ohne es laut zu wiederholen. Sie wollte Jens nicht noch mehr verunsichern.

„Da stimmt was nicht! Ich könnte *ausrasten*, wieso meldet sie sich nicht?", die letzten Worte schrie er heraus und bekam einen roten Kopf.

„He, Jens, was soll denn das? So kenne ich Dich ja gar nicht."

„Entschuldige meinen rauen Ton. Liegt bestimmt an den Medikamenten, aber sie ist seit über drei Stunden weg. Laut der Schwester wollte sie irgendwo noch etwas einkaufen."

„Sie wird schon wiederkommen und glaub' mir, für sie ist die Situation auch nicht einfach. Beinahe hätte sie Dich für *immer* verloren", versuchte sie Jens zurechtzuweisen.

„Du hast Recht", gab Jens kleinlaut zurück, „Ich vermisse sie halt."

Er wollte Juliane noch von seinem Traum erzählen, unterließ es aber. „Träume sind Schäume" hatte Andrea zu ihm gesagt und er hoffte, sie würde damit Recht behalten.

Juliane beruhigte ihn damit, dass sie ihre Hand auf seine Schulter legte: „Also Jens, ich versuche sie per Telefon zu erreichen und frage bei Edmund an, vielleicht ist sie bei ihm? Sie ist ja auch gern Polizistin, okay?"

„Das habe ich auch schon x-mal versucht, es geht nur der AB ihres Handys an. Aber okay, versuchst Du bitte bei den Kollegen von Ronnenberg etwas in Erfahrung zu bringen?"

„Mache ich, aber bitte nicht mehr aufregen. Du bist immer noch auf intensiv und das hat auch seinen Grund. Deine Zellen sind zwar teilweise regeneriert, aber noch nicht gefestigt. Aber Dir als Arzt und Gerichtsmediziner brauche ich das ja nicht zu erzählen. Leider muss ich Dich nun wieder allein lassen. Ich habe noch einen kurzen Termin in der Pathologie und dann muss ich los."

Jens konnte die strahlenden Augen erkennen, in die er hineinschaute. Mittlerweile kannte er Juliane ganz gut und wusste, dass sie sich auf den heutigen Abend riesig freute.

„Ich wünsche Dir einen schönen Abend, Juliane. Wenn ich hier wieder herauskomme, machen wir ein Fass auf."

Sie zwinkerte ihm zu und meinte: „Aber ein Großes! Mach es gut und gute Besserung, bis morgen."

Als sie aus dem Zimmer war, musste Jens unweigerlich an ein großes Fass denken, welches ihn im Traum verfolgt hatte, um ihn mit Sirup einzukleben. Er schob den Gedanken schnell beiseite, schloss die Augen und dachte an Andrea, seine Andrea.

Etwa zur selben Zeit, so gegen 16:10 Uhr, ging Helmut im Raum auf und ab und schaute ab und zu aus dem Fenster heraus. Der Polizeihubschrauber war vor ein paar Minuten dicht über dieses Haus hinweggeflogen. Hier drinnen vermied er es, Licht anzumachen, was auch nicht mehr möglich war. In diesem Haus waren zwar noch die Lichtschalter und Steckdosen vorhanden, aber der Strom war schon seit Jahren abgeschaltet.

Da die Bewölkung mehr und mehr den blauorangenen Oktoberhimmel verdunkelte, konnte er hier drinnen Andrea auf dem Stuhl nur noch schemenhaft erkennen. Sie schien zu schlafen. Vorhin hatte sie eine Heulattacke und versuchte sich loszureißen, was zur Folge hatte, dass sich der Kabelbinder an ihrem rechten Arm in die Haut schnitt. Blut tropfte auf den alten Betonboden durch eine kleine Lücke des Panzerbandes. Erst danach beruhigte sich Andrea, es hatte keinen Zweck weiterzumachen und ließ wiederum ihren Kopf hängen. Helmut befestigte daraufhin den Stuhl mit einem zusätzlichen Seil. Damit konnte sie sich nicht mehr drehen und ihre Blickrichtung war auf den Schrank mit der Digitaluhr gerichtet. Noch knapp drei Stunden, bevor hier die Hölle losbricht.

Er hatte noch Zeit, draußen war es zu hell, um von hier wegzufahren. Er ließ seinen Blick in Richtung Deister schweifen, dessen dunkle Silhouette sich deutlich gegen den orangenen Himmel abhob. Die letzten Sonnenstrahlen beleuchteten die aufziehenden Wolken in einer wunderschönen und undefinierbaren weißgrauen Farbe und die Schattenseite dieser Wolken wirkte blaugrau. Die Sonne selbst war nicht mehr zu sehen, sie wurde durch den Deister verdeckt.

Er erinnerte sich an seine Kindheit, als er mit seinem Paps zum Rodeln war. Regelmäßig besuchten sie mit ihrer Mutter den Annaturm. Es war eine schöne Kindheit. Die Schulzeit war schon schwieriger. Leider wurde er immer wieder wegen seiner Größe gehänselt und ab der achten Klasse musste er sich mehr oder weniger allein durch die Schule boxen. Im wahrsten Sinne des Wortes. Seine Mutter wurde etliche Male zu seiner Klassenlehrerin beordert. Am Schlimmsten war für ihn die Pubertät. Gefühle für das andere Geschlecht fuhren bei ihm

Achterbahn. Er hätte am liebsten eine Freundin gehabt, aber alle in seinem Umkreis hatten ihn gemieden. Mit den Jungs konnte man zwar am Wochenende in die Disco fahren, um sich eine *Flocke* fürs Bett auszusuchen, aber eine richtige Beziehung entwickelte sich nie. Nach Abschluss der Realschule, mehr war für ihn nicht zu erreichen, bekam er einen Ausbildungsplatz in einer Autowerkstatt. Das machte ihm Spaß und dort konnte er mit seinem Freund Horst alte Autos aufmotzen. Viel PS, kaum Gewicht und eine laute Musikanlage waren damals Pflicht, um den Mädchen damals zu imponieren. Eine schicke Lackierung rundete das Gesamtbild ab.

Aber teuer war dieses Hobby. Somit mussten sie regelmäßig Geld heranschaffen. Das funktionierte ganz prima bis zu dem Zeitpunkt, als sie beide bei einem schlecht vorbereiteten Banküberfall in Bredenbeck von der Polizei geschnappt wurden. Sie hatten das Geld schon in einem alten Schulranzen von Horst und jubelten, als beide im Auto davonfuhren. Aber sie hatten nicht damit gerechnet, dass die Polizei sie bereits verfolgte. In Springe wurden sie nach einer wilden Verfolgungsfahrt von den Beamten umzingelt und verhaftet. Beide Freunde bekamen für mehrere Jahre ein Hotel mit Vollpension in der JVA Celle. Nachdem er seine Strafe abgesessen hatte, wurde er trotzdem von seinen Eltern liebevoll aufgenommen. Da er als Vorbestrafter keinen ehrlichen Job angeboten bekommen hatte, der ihm auch Spaß gemacht hätte, nahm ihn sein Paps als Fahrer in seiner Firma auf. Und an den Wochenenden schraubten die beiden eifrig an Oldtimern herum, die sie billig eingekauft hatten um sie anschließend aufgemotzt wieder teuer zu verkaufen.

Er trauerte den schönen Augenblicken nach, aber nun war eine andere Zeit angebrochen, der Moment der Rache stand kurz vor Helmuts Vollendung.

Andrea stöhnte und er drehte sich zu ihr um. Sie rief leise nach ihm: „Kann ich bitte etwas zu trinken bekommen?"

„Von mir aus. Im Auto habe ich noch eine angefangene Flasche Mineralwasser. Aber ich dachte, deine Blase ist voll."

„Das lass mal meine Sorge sein. Aber ich habe schon leichte Kopfschmerzen, weil ich heute zu wenig getrunken habe."

„Naja, dann trinke ich selbst erstmal, bevor Du dann den Rest haben kannst."

„Mistkerl!" antwortete sie, aber sie konnte nichts dagegen tun. Ihre Hoffnung bestand darin, wenn sie jetzt eine Kleinigkeit trinken konnte, vielleicht hatte sie dann den entscheidenden Gedankenblitz, wie sie sich aus diesem Höllenfeuer befreien konnte. Insgeheim wünschte sie sich, er würde ihr genug Zeit lassen und schaute auf die rotleuchtende Anzeige des Zeitgebers, noch hatte sie 2 Stunden, 41 Minuten und 25 Sekunden, bis zu ihrem letzten Atemzug oder bis zu ihrer Flucht. Aber noch wusste sie nicht, wie sie es anstellen sollte hier herauszukommen.

Helmut holte die Flasche aus dem Transporter und nahm einen kräftigen Schluck. Andrea ekelte sich ein wenig, aber da musste sie jetzt durch und trank den Rest aus der Flasche, die Helmut ihr an ihren Mund setzte. Leider verschluckte sie sich und prustete ihm den letzten Schwall Wasser entgegen, sie konnte sich nicht so schnell wegdrehen. Helmut konnte es auch erst im letzten Moment sehen und bekam einige Spritzer auf seine Hand und ins Gesicht.

„Igitt, nicht mal richtig trinken kannst Du", während Andrea weiter husten musste.

„Du hättest mich ja losbinden können, also beklag Dich nicht."

Helmut warf die Flasche in die Ecke, holte mit der anderen Hand aus und schlug ihr ins Gesicht. Ihr Kopf schleuderte nach links und sie schrie laut auf: „Aua, Du Mistkerl." Sie spürte, wie Blut aus ihrer Nase tropfte. Trotzdem wollte sie keine Schwäche zeigen und schimpfte ihm entgegen: „Scheint Dir ja Spaß zu machen, eine wehrlose Frau zu schlagen!"

Erneut holte Helmut mit der Faust aus, um ihr einen Tiefschlag zu verpassen, hielt aber inne.

„Ach, was soll's. Hat ja sowieso keinen Zweck mehr. In 2 Stunden 40 Minuten und 17 Sekunden wirst Du mehr Beulen bekommen, als Dir lieb ist."

Er ging zurück zum Fenster, schaute wieder nach draußen zum Deister und dachte an seine Eltern. Nun wurde es rasch dunkler und er konnte diesen Ort bald verlassen.

Ihre rechte Wange pochte und schmerzte. Sie konnte rein gar nichts dagegen tun. Tränen rannen wieder aus ihren Augen. Zum Glück war es hier drinnen jetzt so dunkel, dass diese Schwäche von ihrem Tyrannen nicht bemerkt wurde.

Etwa eine halbe Stunde später öffnete er das Garagentor im Nebenraum. Anschließend kam er mit einer Taschenlampe nochmal herein und leuchtete Andrea an. Geblendet vom starken Lichtschein kniff sie die Augen zusammen. Der Prügelknabe stellte sie auf den Rollcontainer, sodass ihr Stuhl gut von ihm zu sehen war. Er band ein Nylonseil um sie herum und befestigte anschließend das andere Ende an dem wackeligen Aktenschrank mit der totbringenden Bombe.

„Was soll das? Ich komme doch sowieso nicht aus diesem Stuhl heraus."

„Ich lasse Dich gleich allein, habe keinen Bock mehr hier herumzusitzen. Aber Du darfst heute in der ersten Reihe sitzen und bis zum Ende auf die Uhr sehen. Ich denke, dass Du die Zeit 0:00:00 nicht mehr sehen oder wahrnehmen wirst."

Andrea schimpfte: „Wie kann ein Mensch nur so gehässig sein?"

„Und ich rate Dir, Dich nicht zu bewegen. Denn das Feuerwerk im Schrank hat eine Art Wasserwaage und wenn sie zu stark bewegt wird, na Du weißt schon…!"

„Du bist ja wahnsinnig, aber ich frage mich, warum und wieso Du so gemein bist?"

„Das möchtest Du bestimmt wissen, aber ich sage es nicht und habe auch nun keine Lust mehr auf weitere Gespräche."

Andrea wollte ihn weiter in eine Unterhaltung verstricken, aber Helmut klebte einen neuen breiten Streifen Panzerband über ihren Mund.

„Es würde Dich zwar niemand hören, aber sicher ist sicher. Ist schon schade, so einen makellosen Körper dem Feuer zu überlassen. Ciao Zuckerpuppe."

Andrea versuchte ruhig zu bleiben, aber die Ankündigung von ihrem Widersacher an „Feuer" ließ sie erzittern.

Er nahm seine Taschenlampe in die Hand, verließ den Raum, stieg in seinen Transporter und fuhr aus der Garage heraus. Als er es von außen verschlossen hatte, war es total dunkel. Nur die rote Digitalanzeige erhellte ganz sanft den Raum in einen roten Teint. Noch hatte Andrea knapp zwei Stunden Zeit sich aus dieser Hölle zu befreien, hatte jedoch nicht die leiseste Ahnung, wie sie es anstellen sollte.

Kap.21: Mittwoch, 17.10.2018, 17:12 Uhr

Die Untersuchung in der Transportfirma war bereits abgeschlossen und brachte wenig Erkenntnisse über den
Aufenthaltsort von Andrea oder ihrem brutalen Täter.
Allerdings gab es in seiner Wohnung schon mehrere Anzeichen dafür, dass Helmut der wahre Mörder sein
musste. Die mit Erde beschmutzten Schuhe standen
gleich am Eingang hinter der Wohnungstür. Eine glatte
Sohle, sehr altes Modell von einem Turnschuh, der mindestens zehn Jahre oder länger getragen worden war.

Armin Bär und seine Leute fanden einige Beweise in
dieser unordentlichen Wohnung. Am Mülleimer stapel-
ten sich mehrere Kartons von Fertigpizzen, Marmelade
und angetrocknetes, verschimmeltes Toastbrot standen
offen auf der Ablage. Im Brotkasten selbst fanden die
Beamten ebenfalls vergammeltes Brot. In der Glaskanne
von der Kaffeemaschine stand noch ein Rest der braunen
Brühe herum und im Kaffeefilter waren ebenfalls kleine
weiße Stippen von Schimmel zu entdecken.

Das Wohnzimmer sah sauber und eher unbewohnt aus.
Im Schlafzimmer konnte man erkennen, dass er auch
dort gespeist und nebenbei wohl einen Film geschaut
hatte. Der Fernseher war riesig und war genau gegenüber
dem Bett positioniert. Edmund überließ es jedoch den
Beamten von der Spurensicherung das Schlafzimmer zu
untersuchen. Er wollte nicht noch einmal eine „Leiche"
im Schrank finden und streichelte behutsam seine Beule
am Hinterkopf. Danach gingen sie noch kurz in die untere Wohnung des Vaters. Hier schien der eigentliche
Wohnbereich von Helmut in der letzten Zeit gewesen zu

sein. Die Küche war aufgeräumt und relativ sauber. Auf dem kleinen Küchentisch standen noch eine leere Kaffeetasse und ein mit Krümeln übersätes Holzbrettchen. Im Wohnzimmer entdeckten sie eine Decke auf dem Sofa, die erkennen ließ, dass hier jemand mehr als nur eine Nacht lang geschlafen haben musste. Edmund wunderte sich über das Buch, welches auf dem Tisch lag. Als Andre es entdeckte und schließlich in die Hand nahm, zuckte und kribbelte sein Finger wie eine Alarmanlage im auf- und abschwellenden Ton. Er wollte gerade Edmund davon berichten, beließ es aber dabei und schaute sich weiter in der Wohnung um. Als er die Tür vom Schlafzimmer öffnete, erkannte er ein altes Ehebett. Die Federbetten waren akkurat glattgelegt und eine selbstgestrickte Tagesdecke aus Wollresten rundete das Gesamtbild ab. Auf jedem Nachtschränkchen stand je ein Bild von Dieter und seiner Frau und schauten ihn direkt an. Beide lächelten freundlich. Links befand sich ein zum Bett passender Kleiderschrank mit Spiegel und rechts hingen Gardinen vor dem Thermopanefenster. Neben dem Schrank fand noch eine kleine Kommode ihren Platz, auf der eine geöffnete Schmuckschatulle herumstand. Der einfarbige Teppich zeigte Spuren vom Staubsaugen. Er zuckte leicht zusammen, als Edmund plötzlich neben ihm stand und fragte: „Na, alles klar?"

Andre besann sich und antwortete: „Ja, aber schau Dir mal das Zimmer an. Sieht wie eine Gedenkstätte aus."

„Da magst Du Recht haben. Was wohl die beiden heute über ihren Sohn denken würden?"

„Bestimmt wären sie verzweifelt, genau wie wir im Moment, weil wir nicht wissen, wo Andrea ist."

„Kann sein, aber komm, lass uns weitermachen, hier gibt es nichts weiter zu finden", meinte Edmund zu Andre. Im gleichen Moment rief Achim nach ihnen.

„Edmund, wir sind in der oberen Wohnung erstmal durch. Gibt es beim Vater etwas Wichtiges?"

„Nein, nicht wirklich. Es macht den Anschein, dass der Täter hier unten sein Essen zu sich nimmt und oben ab und zu sein Schlafzimmer benutzt."

„Wart ihr schon in der Garage?"

„Nein, wollten wir gerade hingehen, kommst Du mit, Achim?"

„Nee, meine Jungs kommen gleich herunter und suchen dann dort noch nach möglichen Beweisen. Wenn ihr was entdeckt, holt mich!"

„Ich denke nicht, dass es dort was Auffälliges gibt", mutmaßte Edmund und ging mit Andre hinaus. Die Garage war unverschlossen und beim Öffnen des Tores staunten sie nicht schlecht, als ein fahruntüchtiger Oldtimer vor ihren Augen auftauchte.

Der alte Wagen war aufgebockt und die Vorderräder standen abmontiert in der Ecke. Andre vermutete, dass es das Hobby vom Vater war, oder gar von Vater und Sohn.

Es gab wirklich nichts Verdächtiges zu entdecken und Andre zog das Garagentor wieder herunter.

„Dann können wir ja los. Ich sage nur schnell Achim, was wir gefunden haben", rannte ins Haus, während Edmund in den Dienstwagen einstieg. Um halb sechs fuhren Andre und er wieder zur Einsatzzentrale.

Helmut Stange steuerte zu diesem Zeitpunkt seinen Transporter langsam durch die Nebenstraßen von Weetzen. Am Bahnhof kaufte er sich noch Zigaretten am Automaten und rauchte in aller Ruhe eine Zigarette, während er sein Radio einschaltete, um die Nachrichten zu verfolgen. Es gab jedoch nur einen kleinen Hinweis auf einen Überfall auf den Hofladen. Helmut grinste und fühlte sich in Sicherheit. Lässig schnippte er den Zigarettenstummel aus dem Fenster und startete den Wagen. Er fuhr zur Hauptstraße und anschließend lenkte er links in Richtung Ronnenberg. Am Ortsausgang beschleunigte er seinen Wagen, denn nun ging es bergauf. Dieser Teil der Straße war früher die B217, bevor die Umgehungsstraße gebaut wurde.

Doch was war? Helmut erkannte plötzlich im Seitenspiegel einen Wagen, der schneller den Berg herauffuhr als er. Jedoch überholte er nicht, aber dafür schaltete sich das Blaulicht auf dem Wagen ein.

„Verdammt, die Bullen. Mist, wo kommen die denn so schnell her?", fluchte er, schaltete rasch einen Gang herunter und trat das Gaspedal ganz durch. Der Motor heulte erbärmlich auf, aber er wurde schneller. Die Anhöhe war vorbei und sein leerer Transporter beschleunigte weiter. Der zivile Polizeiwagen konnte nicht überholen, da von vorn mehrere Autos entgegenkamen, die nach Weetzen wollten. Mit mehr als 130 Km/h raste er auf die Einfädelung zur B217 zu. Er konnte rechtzeitig einfädeln, aber die Polizei hinter ihm musste stark abbremsen, sonst wären sie mit einem heranfahrenden LKW zusammengestoßen. Nun ging es auf der zweispurigen Straße den Berg hinunter und mit 140 Km/h ließ Helmut das Ortschild hinter sich. Der Polizeiwagen näherte sich ebenfalls in rasender Geschwindigkeit. Er überlegte krampfhaft, was er tun konnte. Vor ihm war die große Kreuzung von Ronnenberg, alle Ampeln zeigten Rot und der Querverkehr war voll im Feierabendmodus.

Inzwischen hatte er den Transporter rollen lassen, als er schließlich geblitzt wurde. Vor ihm ging es nicht weiter, zu gefährlich. Also zog er mit einem Ruck die Handbremse mit der rechten Hand an. Er lenkte nach links, schleuderte mit dem Heck herum und trat das Gaspedal wieder durch. Eine saubere 180 Grad Drehung zauberte er auf die Straße.

„Na bitte, geht doch, du hast ja nichts verlernt, Helmut", sprach er zu sich selbst.

Die Vorderreifen quietschten, weißer Rauch vernebelte die Fahrbahn, als er mit Vollgas die B217 wieder auf der rechten zweispurigen Fahrbahn in Richtung Weetzen zurückfuhr. Im Rückspiegel erkannte er seine Verfolger, als sie ebenfalls geblitzt wurden. Allerdings beherrschten sie das Wendemanöver sehr viel eleganter. Vor ihm war kein Fahrzeug zu sehen und sein Transporter jammerte unter der Volllast des Spritverbrauches. Doch nun schloss der Polizeiwagen sehr schnell auf und wollte gerade überholen, als Helmut es vereitelte, indem er seinen Wagen auf die Überholspur lenkte. Nun qualmten alle Reifen am Verfolgerwagen und der Fahrer hatte Mühe, der Mittelleitplanke auszuweichen. Helmut nutzte seine Chance und lenkte nun stark nach rechts zurück, um die nächste Ausfahrt zu nehmen. Doch die Abfahrt beinhaltete eine scharfe Rechtskurve und bei dem Tempo war es unmöglich, sie richtig entlangzufahren, ohne umzukippen. Der Flüchtende erkannte es zu spät und konnte nur noch geradeaus über die kleine Verkehrsinsel fahren.

Das Schild mit dem Pfeil nach rechts schepperte gewaltig in den Wagen und der linke Scheinwerfer zersplitterte in unzählige Einzelteile. Sein Fahrzeug hob förmlich ab, flog ein wenig durch die Luft und holperte danach unkontrollierbar für Helmut über die Straße, da dieser auf seinem Sitz hin und her wippte. Mit einem lauten Knall krachte sein Transporter mittig gegen eine Straßenlampe, deren Licht sofort erlosch. Er kippte nach rechts um und rutschte mit quietschendem Geräusch und zerberstender Beifahrerscheibe in den Grünstreifen auf der gegenüberliegenden Fahrbahnseite. Die Windschutzscheibe war beim Aufprall komplett herausgesprungen, ohne zu zerbrechen und landete auf der Fahrbahn vor ihm und zerbarst erst dort.

Die Laterne krachte Sekunden später quer über die Fahrbahn auf das Heck und hinterließ eine weitere Beule im weißen Lack, der sich teilweise löste. Funken sprühten aus dem erloschenen Glühkörper, als dieser abknickte und in den Rasen eintauchte. Dann war alles still. Helmut hing in seinem Sicherheitsgurt und fluchte wie ein Rohrspatz. Er schnallte sich ab und fiel auf der Beifahrerseite nach unten. Benommen drehte er sich auf seine Füße und wollte gerade die Flucht aus dem freien Loch der Windschutzscheibe antreten, als Michael Reiking ihn mit seiner Waffe aus sicherer Entfernung anvisierte.

„HALT. HÄNDE HOCH! Langsam, ganz langsam rauskommen."

Helmut erstarrte. Jedoch witterte er noch eine kleine Chance, als er im geöffneten Handschuhfach seine Waffe liegen sah. Noch im Sitzen ergriff er sie und richtete diese ruckartig in Michaels Richtung. Doch Heinrich, der über den Grünstreifen von hinten an das Führerhaus heraneilte, schlug mit einem Handkantenschlag die Waffe nach unten. Es löste sich ein Schuss, aber die Kugel drang nur in den feuchten Rasen ein.

Helmut schrie laut auf, denn sein Arm schmerzte fürchterlich. Er ließ wie von selbst die Waffe fallen, Heinrich schubste sie in Michaels Richtung, der immer noch auf Helmut zielte. Nun reichte es Heinrich, er zerrte den schweren Mann gewaltsam aus dem Auto, ohne Rücksicht auf ihn zu nehmen. Helmut stieß mit dem Kopf gegen das Dach von der Kabine. Heinrich war es egal und er war außerdem wütend, denn immerhin wollte der Flüchtige seinen Freund und Kollegen hinterlistig erschießen. Er drückte ihn jetzt, wie schon tausendmal geübt, auf die Straße und fixierte ihn mit seinem rechten Knie, drehte nacheinander seine Arme auf den Rücken und es klickten die Handschellen. Am liebsten hätte er den Fahrer seine Fäuste spüren lassen, nachdem was er auf dem Video gesehen hatte. Helmut selbst wehrte sich nun nicht mehr, denn aus seiner Sicht hatte er ja demnächst alles erreicht, was er wollte.

Gleich darauf hielt ein weiterer Wagen der Polizei am Unfallort. Diese beiden Beamten veranlassten das Abschleppen des Transporters und informierten das Straßenbauamt wegen der Laterne.

Heinrich informierte sie darüber, dass der Transporter kontaminiert sei, denn an der Heckklappe waren mehrere schwarze Fingerabdrücke vom Sirup zu sehen.

Michael setzte in der Zwischenzeit Helmut in ihren Wagen. Sie fuhren mit Vollgas und Blaulicht zur Zentrale, noch hatten sie keine Ahnung, wo Andrea war und ob sie überhaupt noch lebte. Heinrich mochte es sich nicht vorstellen und schüttelte den Kopf, um den schrecklichen Gedanken zu verscheuchen.

Im Präsidium angekommen wurde der Festgenommene sofort in das Vernehmungszimmer geführt. Edmund und Andre kamen auch hinzu. Heinrich erstattete einen kurzen Bericht.

„Wir hatten Glück, denn wir haben gepokert, wo wir uns auf die Lauer legen. Nahe dem Ortsausgang in Weetzen haben wir uns unbemerkt in eine Hofeinfahrt gestellt. Dort hatten wir Einblick in alle drei Richtungen. Nämlich nach Ihme-Roloven, zweitens nach Ronnenberg, an der Baumschule vorbei und drittens über den Berg zur Bundesstraße. Diesen Weg hat er dann auch benutzt."

„Okay, die Vernehmung mache ich selbst. Andre bleibt hier und versucht mit Frau Treucke Altdaten aus dem Computer zu holen. Michael und Heinrich, ihr beide fahrt nochmal zur Wohnung, die Spusi ist bestimmt noch da."

Andre grinste und eilte sofort ins Archiv. Melanie schaute ihn erstaunt an, als er durch die Tür eintrat.

„Hallo Andre, was gibt es? Schon wieder Sehnsucht nach mir?"

„Und wie!"

Melanie glaubte ihren Ohren kaum und stotterte: „Eh, ehrlich?"

Andre stand vor ihrem Schreibtisch, schaute sie an und meinte: „Na logisch. Aber dafür ist jetzt keine Zeit. Edmund braucht noch eine Akte, und zwar die von Helmut Stange. Kannst Du bitte die Daten nochmal ausdrucken, ich nehme es gleich wieder mit. Der Täter sitzt im Vernehmungszimmer, Michael und Heinrich haben ihn erwischt."

„Super. Und Andrea?"

„Leider nichts, deshalb eilt es ja auch."

„Ich wollte zwar gerade den Rechner herunterfahren, ist aber kein Problem."

Eine Minute später übergab Melanie ihm die Dokumente mit einem reservierten Blick.

„Bitte schön, *Herr Kommissar*."

„Danke schön, *Frau Treucke.* "

Er nahm ihre Hand und deutete einen Handkuss an. Sein rechter kleiner Finger kribbelte nicht, er zitterte wie Espenlaub.

„Oh, ist das alles?", versuchte sie zu erfahren, aber Andre schaute auf die Unterlagen und hatte schon die Türklinke in der Hand, um hinauszugehen. Er drehte sich um. Ihre Blicke trafen aufeinander und sie standen einfach so da. Sie legte ihren Kopf einen kleinen Tick nach rechts und ihre Mundwinkel verrieten ein kleines Lächeln. Andre ging auf sie zu, nahm erneut ihre Hand und drückte seinen Mund fest darauf. Melanie stand fassungslos da, als er sich aufrichtete.

„Jetzt darfst Du…Feierabend machen! Ich habe keine Zeit mehr, Edmund braucht dringend diese Unterlagen", und wandte sich langsam von ihr ab.

„Schon verstanden, aber ich kann auch länger bleiben, wenn er noch Unterlagen benötigt, gerade jetzt, wo er den Täter ausfragen kann. Ich hole mir lieber noch einen Kaffee, willst Du auch einen? Dann treffen wir uns dort, okay?"

„Gern, Kaffee klingt gut, bis gleich", und zwinkerte sie freundlich an.

Andre verließ ihr Büro und rannte schnell den Flur entlang zum Vernehmungszimmer. Er klopfte und öffnete nach einem vernehmbaren „Herein" die Tür und überreichte die Unterlagen. Anschließend ließ er Edmund mit dem großen Kerl allein.

Edmund überflog die Unterlagen und versuchte schnell die wichtigsten Informationen herauszuziehen. Helmut saß gefasst und relativ ruhig auf dem Stuhl ihm gegenüber. Edmund schaltete das Mikrofon ein und startete das Verhör.

„Sie wissen, warum sie hier sind, Herr Stange?"

„Ja, weiß ich", antwortete er mit monotoner Stimme.

„Im Moment stehen sie auf Platz eins meiner Täterliste für den Mord an Rainer Pflug und einem versuchten Mord an seinem Bruder Martin. Was sagen Sie dazu?"

Helmut überlegte nicht lang und offenbarte seelenruhig: „Das stimmt."

Edmund staunte und sprach weiter: „Das heißt, sie geben zu, Rainer Pflug ermordet zu haben?"

„Ja, habe ich. Und habe versucht seinen Bruder Martin auch kalt zu machen."

„Sie möchten also ein Geständnis ablegen in diesen beiden Punkten?"

„Ja, will ich."

Edmund blickte kurz zum Spiegel, nickte und dachte: „Nanu, das ging ja einfach, zu einfach für meinen Geschmack."

„Was ist mit unserer Kollegin?"

Helmut überlegte etwas länger, blickte auf seine Armbanduhr und erklärte: „Sie lebt, noch."

Edmund riss die Augen auf und er hatte das Gefühl, sein Herz machte einen Freudensprung.

„Was heißt, NOCH?"

Edmund schrie das letzte Wort förmlich heraus. Nun hielt es ihn nicht mehr auf dem Stuhl, er stand auf, stützte beide Hände auf dem Tisch ab und schaute ihn strafend an.

Helmut blickte erneut auf seine Armbanduhr und erklärte dem Kommissar: „Es ist jetzt 18:33 Uhr. In genau siebenundzwanzig Minuten wird die süße Zuckerpuppe in den Himmel geblasen."

Nun wurde Edmund sehr nervös, versuchte jedoch trotzdem die nächsten Sätze gelassen vorzutragen.

„So wie ich es sehe, bekommen sie aufgrund ihres Geständnisses eine hohe Haftstrafe, zumal Sie auch noch vorbestraft sind. Also bedenken sie, ob es ihnen nützt, wenn unsere Kollegin verletzt oder getötet wird. Im Gegenteil, es erhöht Ihre Strafe nur."

Edmund ließ ihm ein wenig Zeit, vielleicht überdachte der Täter seine Haltung. Nach einigen Sekunden schrie er ihn an: „WO IST SIE? Raus mit der Sprache!"

Helmut grübelte und rieb sich das Kinn.

„Ich habe nichts mehr zu verlieren, also ist es mir egal, was mit Ihrer Kollegin passiert. Sie war zur falschen Zeit am falschen Ort, habe ich ihr auch mehrmals gesagt. Aber sie haben doch bestimmt mein Haus durchsucht, dann müssten sie doch wissen, warum ich alles getan habe."

Edmund stand auf und verließ das Zimmer, nachdem er die Tür elektronisch geöffnet hatte. Er zog die Tür zu und ließ Helmut allein. Er entdeckte Andre mit Melanie im Pausenraum.

„Andre, Schluss mit Kaffee. Bitte sofort Michael und Heinrich anrufen! Irgendetwas müssen wir im Haus übersehen haben. Und Frau Treucke, bitte mal prüfen, ob es in der Vergangenheit von Herrn Stange etwas Merkwürdiges gibt. Und ich brauche es in maximal 3 Minuten. Andrea schwebt in absoluter Lebensgefahr. Also los jetzt!"

Melanie rannte zu ihrem Büro und tippte wie wild auf der Tastatur herum.

Andre erklärte Edmund nun doch die Sache mit dem Buch von Tom Sawyer, während er mit Edmund zum Vernehmungszimmer eilte.

„Hm, ist schon komisch mit deinem Finger, aber gut, komm mit rein!"

Edmund und Andre gingen zum Täter zurück. Es gab keinen Zweifel mehr, Helmut hat die Taten gestanden. Von nun an hatten sie nur noch knapp eine halbe Stunde Zeit, Andrea zu finden. Deshalb beschränkte Edmund sich auf knappe Fragen.

„Was ist mit Tom Sawyer?"

Helmut zuckte mit den Augen und Andre erkannte sofort, dass es die richtige Frage war.

„Aha, sie haben ja doch den richtigen Riecher gehabt. Aber das ist immer noch nicht der entscheidende Hinweis, um ihre Kollegin zu retten", meinte Helmut seelenruhig.

Edmund gab Andre einen Wink, er möge draußen Heinrich anrufen und befragte Helmut weiter.

„Warum sagen Sie uns nicht, wo wir sie finden können?"

„Wie ich schon andeutete, es ist mir egal, was mit ihr passiert."

„Aber sie waren doch schon mal im Gefängnis. Sie wissen, was sie dort erwartet, oder?"

Helmut antwortete nicht. Andre kam nach dem Telefonat wieder herein. Melanie rannte und schrie gleichzeitig: „Halt Andre, Tür auflassen, ich habe etwas entdeckt."

Sie übergab Edmund den Ausdruck, ohne ein Wort zu sagen. Sie konnte auch nichts sagen, sie musste erst nach Luft schnappen. Edmund schaute auf die wenigen Zeilen und den abgedruckten Zeitungsausschnitt. Das war der Schlüssel, den sie brauchten.

Edmund schaute auf seine Armbanduhr, es wurde 18:45 Uhr angezeigt und forderte nun: „Na dann los, Andre starte den Wagen, ich komme sofort nach. Frau Treucke, danke, aber da fehlt eventuell noch etwas. Also bitte jetzt noch weitersuchen! Prüfen sie den Namen Pflug und alles, was damit in Verbindung steht, wir müssen losfahren, um Andrea zu retten."

„Alles klar, passt auf Euch auf!", rief sie Edmund zu und eilte zurück zu ihrem Rechner.

Auf dem Weg nach draußen gab er Stefan Hetzig noch schnell den Auftrag, den muskelbepackten Täter möglichst mit einem zweiten Mann, in eine Zelle zu sperren.

Andre hatte inzwischen seine Kollegen informiert. Sie sind schon auf dem Weg und vermutlich auch eher bei Andrea.

Als Michael und Heinrich die Nachricht von Andre erhielten, starteten sie sofort und rasten mit Blaulicht und 120 Km/h durch die Dreißiger Zone am Ronnenberger Friedhof vorbei über den Feldweg nach Weetzen. Am Ortsausgang beschleunigte er seinen Streifenwagen auf 180 Km/h.

Andre und Edmund fuhren auf der B217. Leider wurde gerade die defekte Straßenlampe, sowie der Transporter abgeholt und dafür musste die Bundesstraße einspurig gesperrt werden. Dadurch staute es sich und die beiden kamen nur langsam voran.

Da nützte auch das Blaulicht nicht viel, es war halt wenig Platz, denn die Autos vor ihnen konnten kaum zur Seite fahren. Andre fluchte und Edmund schaute alle paar Sekunden genervt auf seine Uhr.

Als die Straße endlich frei war, trat Andre das Gaspedal ganz durch und der Wagen machte einen Sprung nach vorn, wie ein losgelassener Gepard. Edmund schaute auf die Uhr und folgerte: „Das wird verdammt knapp."

Kap.22: Mittwoch, 17.10.2018, 18:52 Uhr

Michael und Heinrich erreichten endlich den Ort, an dem sie Andrea vermuteten. Sie parkten ihren Wagen mit quietschenden Reifen neben dem großen Eisentor in der Humboldtstraße und versuchten es aufzuschieben, aber es war verschlossen. Also mussten sie über das ein Meter fünfzig hohe Tor klettern. Endlich standen sie auf dem riesigen Gelände der ehemaligen Zuckerrübenfabrik.

„Wir sollten uns aufteilen, Michael. Ich gehe gleich hier vorn rechts entlang zu den Silos. Du fängst weiter hinten, am gemauerten Schornstein an zu suchen. Dann schaffen wir es schneller, alle Gebäude zu durchsuchen, viel Zeit ist nicht mehr. Uhrenvergleich: 18:53 Uhr. Los."

Michael rannte los und erinnerte sich genau in diesem Moment an seine Aufnahmeprüfung bei der Polizei, als er beim Einhundertmeterlauf die beste Zeit erreichte, nur 11,3 Sekunden brauchte er für die Strecke. Heute hatte er das Gefühl, er wäre noch schneller. Heinrich und Michael riefen laut nach Andrea und durchsuchten mit ihren Taschenlampen ein Gebäude nach dem anderen.

Andrea starrte wie gebannt auf den Wecker. Schon seit Stunden tickten die Sekunden unermüdlich herunter. Sie war die gesamte Zeit wach, dachte immer wieder an Jens und manchmal spürte sie in ihren Fingerspitzen, wie sie im Krankenhaus seine Hand gestreichelt hatte. Dann erinnerte sie sich an gestern Morgen, als Jens und sie eine Runde im Bett kuschelten. Es war nicht das erste Mal, dass sie ausgiebigen Sex hatten, aber gestern war es schon sehr intensiv und liebevoll. Obwohl es hier ziemlich dunkel war, schloss sie ihre Augen und sehnte sich nach Jens. Sie würde es gern noch einmal spüren, wie er sie zärtlich in die Arme nimmt. Wieder bildeten sich Tränen und rannen ihre Wangen hinunter und ihre Nase tropfte zwischen ihre Oberschenkel auf den Drehstuhl. Sie öffnete die Augen und konnte die Uhrzeit nur verschwommen wahrnehmen. Sie schüttelte den Kopf, aber dabei wackelte der Schrank gefährlich, also beruhigte sie sich wieder. Noch fünf Minuten. Sie wollte die restliche Zeit ihres Lebens nur noch an Jens denken, denn sie hatte es mehr oder minder aufgegeben, auf ihre Rettung zu hoffen.

Michael erreichte das Gebäude hinter dem Schornstein und kontrollierte die Türen. Alle verschlossen und zugeschweist. Also weiter. Er leuchtete durch einige eingeschlagene Fensterscheiben, vielleicht war Andrea ja doch irgendwie hier hereingebracht worden. Die Zeit lief ihnen beiden davon, nur noch vier Minuten. Hoffentlich hatte Heinrich mehr Glück. Plötzlich hörte er ein Geräusch, welches immer lauter wurde. Er schaute durch die Scheiben und erkannte einen Güterzug, der dicht an der Fabrik vorbeifuhr.

„Ach du grüne Neune, auch das noch."

Er holte sein Handy heraus und wählte Edmund an. Es dauerte wieder 15 Sekunden bis er ihn hörte.

„Michael, was gibt es?"

„Ruf sofort bei der Bahn an, sie sollen die Strecke sperren, wenn hier eine Bombe hochgeht, während ein Zug vorbeifährt, haben wir richtig Chaos."

„Verflixt nochmal, jetzt ist es aber genug, was läuft denn noch alles schief? Danke, Michael, ich informiere die Zentrale per Funk. Wir sind gleich bei Euch. Schätze wir brauchen noch zwei bis drei Minuten", erklärte Edmund hektisch.

Heinrich war inzwischen an einem baufälligen Haus angekommen. Die eine Wand wurde bereits mit Stahlbändern als zusätzliche Sicherungsmaßnahme am Umfallen gehindert. Er musste eine gemauerte Treppe hinaufsteigen, um durch die angelehnte Tür ins Gebäude zu gelangen. Im Innern schaute er auf seine Uhr, nur noch zwei Minuten dreißig. Nun schrie er all seine Wut heraus: „ANDREA, MELDE DICH!" und leuchtete an einem großen Metallkessel vorbei nach oben. Über zwanzig Meter konnte er nach oben leuchten.

Doch auf einmal hörte er einen gurrenden Ton und hörte Flügel schlagen. Hunderte von Tauben flogen plötzlich durch dieses Kesselhaus und stürzten sich auf den Lichtkegel seiner Taschenlampe. Heinrich schlug mit den Armen, aber gegen diese wütenden Tauben, die um ihren Nachwuchs bangten, war er machtlos. Sie zwickten ihn ins Ohr, Bauch, Beine und Po und da, wo es besonders weh tat. Er schrie und setzte auch seine Taschenlampe als Waffe ein. Einige Tiere erwischte er an den Flügeln, andere am Kopf. Er versuchte wieder die Eisentür zu erreichen und wollte sie öffnen, aber das verrostete

Schloss ließ sich jetzt von innen nicht mehr öffnen. Es hakte, er konnte die Klinke nicht mehr herunterdrücken.

Die ganze Zeit wurde er weiter angegriffen. Er drehte sich im Kreis und konnte zwischen den kreischenden Vögeln eine Treppe nach unten erkennen. Er stürmte auf sie zu und sprang mehrere Stufen nach unten. Seine Lampe schlug dabei gegen das Eisengeländer und das Licht erlosch. Die Tauben konnten nun nur noch spärlich sehen und die Angriffe von ihnen wurden weniger. Er rannte in tastender Weise die Treppe hinunter. Als er unten war, konnte er eine Seitentür mit Glas erkennen. Der Schein der Straßenlampe an der Humboldtstraße leuchtete ins Innere und somit konnte Heinrich zerschunden ins Freie treten. Schweratmend stützte er seine Hände auf die Knie und hustete und spuckte auch ein paar Federn heraus.

Im selben Moment hörte er einen Streifenwagen mit heulender Sirene auf der Straße heranfahren und geräuschvoll abbremsen. Er vermutete Edmund und Andre und rannte zum Eisentor zurück, um ihnen zu öffnen, doch es war zu spät. Die Zeit war um. Eine Stichflamme erwärmte in einem Sekundenbruchteil seine rechte Wange. Das Haus am Ende des Geländes explodierte und machte die Dunkelheit zum Tag. Das Dach wurde nach allen Seiten aufgerissen und alle Wände wurden zertrümmert. Anschließend wurden die angrenzenden Gebäude nacheinander gesprengt und fielen in sich zusammen. Die Schornsteine wackelten verdächtig, blieben jedoch stehen. Auch das mit Tauben belagerte Kesselhaus wackelte, aber die Metallbänder hielten. All das konnte Heinrich innerhalb eines Wimpernschlages erkennen, als ihn kurz danach die Druckwelle selbst wie ein Streichholz erfasste und mit voller Wucht gegen das Eisentor schleuderte. Sein Hinterkopf prallte dagegen und schickte ihn ins dunkle Reich der Ohnmacht. Edmund und Andre waren inzwischen ausgestiegen und gingen hinter dem Tor in Deckung. Beide hielten sich ihre Ohren mit den Händen zu und erkannten, wie die Scheiben der angrenzenden Häuser auf der gegenüberliegenden Seite zersplitterten. Der Lärm war ohrenbetäubend und danach war alles still.

Zwei Minuten zuvor:

Nachdem Michael das Telefonat beendet hatte, setzte er seine Suche fort. Er leuchtete mit seiner Lampe über das Gelände. Er schätzte alle Häuser auf ca. 15- 20 Meter hoch und teilweise aus Metall. Er schaute auf die Uhr noch knapp zwei Minuten, er musste sich für ein Haus entscheiden und strahlte mit seiner Taschenlampe einige Gebäude an. Endlich entdeckte er den entscheidenden Hinweis. Er sprintete auf das allerletzte, kleinere Einzelhaus im Bungalowstil zu. Es war das Einzige mit einem hohen Garagentor, durch welches man einen Transporter hätte fahren können.

Andrea hatte es satt auf den blöden, totbringenden Wecker zu starren, aber wenn sie sich wegdrehen würde, wäre ihr Leben sofort zu Ende. Und dass wollte sie nicht. Sie wollte die letzten Sekunden ihres Lebens mit ihren Gedanken bei Jens sein. Sie dachte an den Sirup, den er gestern Morgen beim Frühstück mit Toastbrot genossen hatte. Sie wusste nicht warum, aber plötzlich musste sie an ihre Oma denken. Als Andrea gerade mal fünf Jahre alt war, hatte sie bei ihr in der Küche gesessen und auf das angrenzende Feld geschaut, wie der Bauer im Herbst dort die Zuckerrüben gerodet hatte. Nebenbei erzählte ihre Oma immer wieder die Geschichte, als sie selbst klein war. Es war kurz nach dem Krieg. Sie musste mit einem Handwagen mehrere Male Zuckerrüben vom Bauern holen, um diese anschließend zu putzen und dann auch in der Küche helfen, bis der leckere Saft fertiggekocht war. Sie atmete durch ihre Nase einmal tief ein und aus und dachte: „Lieber Gott, wenn es möglich ist, lass mich gleich in Frieden bei meiner Oma sein."

Sie schaute auf die Uhr. Noch 1 Minute und 15 Sekunden bis sie ihrer Oma gegenüberstehen würde und senkte ihren Kopf und sprach in Gedanken: „Lieber Jens, ich werde Dich immer lieben, egal, wo ich bin, werde immer und ewig bei Dir sein."

Sie schreckte hoch, als das Garagentor laut geöffnet und ein Lichtschein erkennbar wurde. Jemand rief: „Andrea, bist du hier?"

Andrea konnte nur einen stummen Schrei ausstoßen, doch Michael hörte es und trat schnell an den Stuhl heran. Er riss ihr das Pflaster vom Mund.

„Geht's Dir gut?", wollte er wissen.

„Ja, aber sei vorsichtig, der Stuhl wurde mit dem Schrank verbunden. Bei der kleinsten Bewegung geht die Bombe sofort hoch."

Michael war flink und hatte bereits das eine Seil zum Schrank mit seinem Messer durchtrennt.

50 Sekunden.

Nun konnte er ihre Beine und anschließend das Panzerband von den Armen lösen. Andrea erzählte ihm unentwegt, wieviel Sekunden sie noch hatten.

30 Sekunden.

Das Durchtrennen der Kabelbinder dauerte länger als erwartet.

15 Sekunden bis zur Verdammung.

Es war geschafft, Michael packte Andrea und zerrte sie hoch, sie brauchte 2 Sekunden, um ihre Beine zu aktivieren. Ihr Puls, und vermutlich auch der von Michael, schoss blitzartig in die Höhe, als nur noch 12 Sekunden auf der Uhr angezeigt wurden. Adrenalin durchflutete ihre Blutbahnen und dann rannten sie los.

Doch Andrea stoppte noch kurz am Ledersessel und ergriff ihr Handy.

8 Sekunden.

Sie rannten, so schnell sie konnten, durch das geöffnete Garagentor nach draußen. Michael zerrte an ihrer Hand. Sie hatte das Gefühl, er würde sie gleich abreißen. Sie rannten um ihr Leben und wurden immer schneller.

Im letzten Moment vor der Explosion machte Michael einen Haken nach rechts und versuchte hinter einer

Mauer Schutz zu bekommen. Doch in dem Moment spürte Andrea, wie die Hitze der grellen Flammen durch ihre leichte Jacke ihren Rücken erwärmte. Ihre Haare wurden ein wenig angesengt, und dann folgte die unheimlich laute Druckwelle und schleuderte die beiden Kommissare zehn bis fünfzehn Meter durch die Luft in Richtung der Schornsteine. Sie kamen zwar unsanft auf dem Boden auf, doch durch ihre Ausbildung, konnten sie sich gut abrollen.

Danach erfolgten noch weitere kleinere Detonationen und die Häuser bis zum gemauerten Schornstein fielen jedes wie ein Kartenhaus in sich zusammen. Andrea und Michael hatten nun Schutz hinter dem Schornstein und hofften, er würde nicht dem Erdboden gleichgemacht werden. Michael legte seinen Körper um Andrea herum und schützte ihren Kopf mit seinen Händen. Es flogen Steine, große Metallstücke und geborstene Fensterscheiben in ihre Richtung. In einiger Entfernung hörten sie einen Zug, der eine Vollbremsung machte.

Es war vorbei und der Staub der zerstörten Gebäude bildete eine dichte Wand, durch die sie nicht hindurchsehen konnten.

Sie blieben erst einmal erschöpft liegen und Andrea brachte ein leises „Danke Michael" heraus.

Michael jedoch stieß einen Fluch aus, denn es steckte ein spitzer Gegenstand aus Metall in seinem rechten Oberschenkel und ragte ungefähr fünf Zentimeter heraus.

Kap.23: Mittwoch, 17.10.2018, 19:01 Uhr

Andre kletterte über das Eisentor und öffnete es von innen. Edmund kam herbei und kniete sich neben seinen Freund, fühlte seinen Puls und schüttelte ihn sanft.

„Heinrich, he, hörst du mich?"

Heinrich blinzelte mit den Augen und meinte dann sehr laut: „Was hast Du gesagt? Ich bin noch ein bisschen taub und mein Kopf schmerzt, als hätte Thor mit seinem Hammer draufgeschlagen."

„Wo sind Andrea und Michael?", wollte Andre wissen.

„Ich weiß es nicht, wir haben uns getrennt, es waren nur knapp sieben Minuten Zeit, dieses große Gelände abzusuchen. Ich vermute, wir haben es nicht geschafft. Er sollte die Häuserfront weiter hinten absuchen. Jene, die eben alle zerstört wurden. Tut mir leid, Edmund. Ich habe versagt und vermutlich haben wir eben beide Polizisten verloren."

Andre drehte sich um und schrie in die Richtung, wo eben noch eine Fabrik stand, „ANDREA, MICHAEL, seid ihr dort irgendwo?"

Keine Antwort, kein Lebenszeichen. Andre leuchtete mit seiner Taschenlampe auf den dichten Nebel aus Schutt und Asche. Edmund half inzwischen Heinrich auf die Füße. Alle schauten nun in die Nebelschwaden. Die Stille war unerträglich. Selbst bei Edmund löste sich eine Träne, als plötzlich eine Gestalt aus dem Nebel heraustrat. Michael. Er trug Andrea auf seinen Armen und humpelte dem Licht entgegen. Sie stand unter Schock und konnte jetzt nicht mehr laufen, so sehr zitterte sie.

„HIERHER!", schrie Michael.

Es war wie in einem guten Kinofilm mit einem grandiosen Ende. Alle liefen Michael entgegen und fielen sich freudig in die Arme. Andrea, immer noch auf Michaels Armen schaute Edmund an und äußerte mit zitternder Stimme: „Ich werde morgen wieder arbeiten. Noch so zwei Tage überstehe ich nicht."

„Keine Chance, Jens ist jetzt wichtiger, er wartet auf Dich."

„He, weinst Du etwa Edmund?"

„Nein, wo denkst Du hin? Es liegt bestimmt am Staub", schwindelte er und wischte sich seine Augen trocken. Michael ließ Andrea nun herunter und wurde nun von Andre gestützt.

Sie waren gerade am Tor angelangt, da erreichten mehrere Krankenwagen die zerstörte Fabrik und mittlerweile standen etliche Polizeiwagen als Unterstützung in der Nähe. Leider wurden durch die Explosion die Häuser in unmittelbarer Umgebung von der Druckwelle getroffen und viele Scheiben sind zerstört.

Der Personenzug, der nicht mehr gestoppt werden konnte, wurde laut der Kollegen aus Wennigsen, die vor den geschlossenen Schranken warten mussten, leicht durchgeschüttelt und es waren mehrere Scheiben durch die herumfliegenden Steine gesplittert. Zum Glück gab es im Zug nur Leichtverletzte. Die Sanddornhecke verhinderte Schlimmeres.

Heinrich, Michael und Andrea wurden von den Rettungskräften verarztet. Nach der Erstversorgung durch die Sanitäter, zückte sie ihr Handy aus der Jackentasche heraus und schaltete es an. Nachdem die Verbindung mit dem Telefonnetz hergestellt war, meldete ihr Handy mit einem eigenen Ton, dass Jens sie mehrmals angeschrieben hatte. Schnell tippte sie eine Nachricht herunter: *„Hi Jens, bin wieder online, alles andere erzähle ich Dir später. Ich komme nachher auf jeden Fall zu Dir, es wird aber bestimmt erst nach 22:00 Uhr sein. Ich vermisse Dich. IL Andrea."*

Danach lehnte sie sich zurück und versuchte zu entspannen, aber der Gedanke an ihren Widersacher ließ sie nicht zur Ruhe kommen. Im Gegenteil, ihre Wut stieg, als sie daran dachte, wie er sie behandelt und befummelt hatte. Wehrlos auf einem Stuhl gefesselt immer mit Blick auf den Wecker mit der Bombe. „Na warte, du Mistkerl", dachte sie, „Du wirst nachher dein blaues Wunder erleben!"

Edmund und seine Mannschaft konnten das Gelände nach einer guten Stunde verlassen und fuhren mit Andrea zurück zur Zentrale. Michael durfte jedoch nicht mehr fahren und nahm auf der Rückbank Platz, um sein Bein auszustrecken. Als sie in den Vorraum des Präsidiums eintraten, bemerkten sie reges Treiben. Etliche Anrufe mussten seit der letzten Stunde geführt worden sein, da wohl doch noch mehr Scheiben im Ort zu Bruch gegangen waren als angenommen. Aber jeder Kollege, der

Andrea sah, lächelte sie an oder streckte den Daumen hoch. Selbst Melanie war noch dageblieben und umarmte sie herzlich.

„Schön, Dich zu sehen, komm wir gehen erst mal auf Toilette, dann kannst Du Dich ein wenig hübsch machen."

„Danke, Mel."

Andre betrachtete die Szene und meinte neidisch: „Und wer drückt mich?"

Melanie drehte sich um und eröffnete ihm: „Ich, natürlich. Aber erst kümmere ich mich um Andrea!"

„Ehrlich?"

„Ja, das meine ich *ehrlich*" und lächelte ihn an, bevor sie mit Andrea um die Ecke ging.

Michael schaute Andre mit schmerzverzerrtem Gesicht an, als er sein verbundenes Bein belastete.

„He Andre, willst Du auch noch einen Kaffee?"

„Ja, ich hole uns welchen und Du setzt Dich jetzt hin!"

Edmund schaute die beiden an und befahl: „Aber bitte anschließend sofort in mein Büro kommen, noch ist nicht Feierabend!"

Er drehte sich zu Heinrich und wollte wissen, wie er sich fühle.

„Mir brummt der Schädel, ist bestimmt eine Gehirnerschütterung und so langsam wird mir übel."

„Geht's noch bitte eine halbe Stunde, dann machen wir jetzt noch eine kleine Besprechung, aber vorher knöpfe ich mir Helmut Stange nochmal vor."

Kurz danach kamen Melanie und Andrea von der Toilette zurück. Melanie steuerte gleich auf die Kaffeemaschine zu. Edmund erkannte, dass Andrea vor Wut einen knallroten Kopf hatte. Sie erkundigte sich bei den Kollegen: „In welcher Zelle ist er?"

Stefan Hetzig antwortete blitzschnell: „Nummer 4, soll ich ihn ins Vernehmungszimmer bringen?"

Bevor Edmund antworten konnte, schnappte sich Andrea die Schlüssel von Stefans Schreibtisch und meinte: „Das übernehme ich, ich will seine dreckige Visage sehen, wenn ich lebend vor ihm stehe", und rannte so schnell sie konnte den Flur entlang.

Heinrich hielt sich seinen dröhnenden Kopf. Stefan Hetzig war geschockt über ihre Reaktion und brachte nur einen Laut heraus: „HE!"

Edmund sah aus den Augenwinkeln, dass Andrea, wie von einer Tarantel gestochen, über den Flur zu den Zellen rannte und spurtete ihr hinterher. Er schrie ihr im Laufen zu: „Halt Andrea, wir brauchen ihn noch!"

Er konnte sich vorstellen, dass sie nach diesem Tag handgreiflich werden könnte, auch wenn es ihr einen negativen Eintrag in ihrer Akte einbringen würde. Andrea erahnte Edmunds Gedanken, aber es war ihr völlig egal. Sie stand vor der Zellentür, drehte den Schlüssel herum und schob den Riegel beiseite, um mit einem Satz hineinzuspringen. Edmund war bis auf fünf Meter heran, als sie mit erhobenen Fäusten verschwand.

„ANDREA, ich warne Dich. Lass es, er ist es nicht wert!", schrie er im Laufen und erreichte die Zelle kurz nach ihr. Michael und Stefan folgten nur einige Sekunden später. Michael konnte nur gehen, laufen war nicht möglich.

Andrea stand in der Zelle und schrie ihren Peiniger an: „He, wach auf, Du Fummel-Heini. Wie Du siehst, ich lebe noch! Schau mich endlich an, Du MISTKERL!"

Doch Helmut rührte sich kein Stück. Er hatte seine Hände über seiner Brust gefaltet. Er sah gelassen aus, als würde er beten.

Helmut bewegte sich immer noch nicht, was Andrea noch mehr in Rage brachte und stupste ihn in die Rippen. Edmund erfasste ihren Arm.

„Hör auf, Andrea. Schau mal."

Ein auseinandergefalteter kleiner Zettel lag auf dem Tisch. Andrea schaute vom Tisch wieder zu Helmut und erst jetzt erkannte sie, dass er einen dünnen Streifen weißen Schaum an seinem Mund hatte und nicht mehr atmete.

Edmund trat an Helmut heran und schaute genauer hin, prüfte seinen Atem, seinen Puls am Hals und meinte schließlich: „Er ist tot. Verdammt. Sieht nach Zyankali aus. Stefan, ruf sofort einen Arzt. Michael, Du nimmst bitte Andrea mit in mein Büro, und zwar sofort!"

Selbst Andrea war nun sprachlos, öffnete ihre Fäuste und entspannte sich, als Michael sie behutsam in den Arm nahm und mit ihr aus der Zelle humpelte.

„Komm mit, er kann Dich sowieso nicht mehr hören. Es war seine eigene Entscheidung, sein Leben zu beenden."

Als sie den Flur entlanggingen, löste sie sich aus seiner Umarmung. Erst jetzt lief Andre Nörthen mit roten Wangen an ihnen vorbei.

„Danke Michael, es geht schon wieder. Ich war halt richtig sauer auf den Kerl."

Andre erreichte die Zelle und Edmund winkte ihn zu sich.

„Wie konnte denn so etwas nur passieren und wo hatte er die verfluchte Pille bloß versteckt?", rätselte Edmund.

Andre ging zur Pritsche und schob die Hosenbeine des Toten nach oben. An der rechten Wade klebte Panzerband. Edmund war verblüfft.

„Woher wusstest Du das denn?"

„War so ein Gefühl in meinem Finger und ich habe es schon mal in einem Film gesehen. Er hatte es bestimmt so geplant, die Frage ist nur, warum? Ich sehe im Moment keine Zusammenhänge zu den Pflug-Brüdern."

Edmund räusperte sich und antwortete: „Ich auch nicht. Komm, schließ die Zelle ab und dann in mein Büro. Vielleicht hat ja *Deine* Archivarin etwas herausbekommen."

„Sie ist nicht meine…", er schaute Edmund an und hörte auf zu sprechen, denn der Hauptkommissar zog seine Augenbrauen nach oben, als Geste, dass er Andre durchschaut hatte.

„Wirklich nicht?"

Edmund machte eine Pause und blieb kurz stehen, um ihn anzusehen und meinte: „Das wird schon, mein Junge. Los komm, wir sind noch nicht fertig."

Zehn Minuten später stand Edmund an der Magnetwand und wartete bis alle im Raum waren. Ausnahmslos jeder hatte eine Tasse in der Hand. Kaffeeduft erfüllte den Raum, nur Stefan Hetzig trank lieber einen Pfefferminztee. Edmund hatte ihn ebenfalls zur Besprechung eingeladen.

„Nun gut, fangen wir an. Ich denke, dass wir den wahren Mörder von Rainer überführt haben, dank seines Geständnisses. Er wollte sogar noch den Bruder, Martin Pflug, umbringen. Aber, warum?"

Heinrich meinte: „Und wieso Rübensaft, der auch noch vergiftet war. Was soll das? Das Opfer wurde doch vorher erschossen, warum so viel Aufwand? Sehr merkwürdig."

„Darf ich dazu etwas sagen?", erkundigte sich Stefan Hetzig. Edmund nickte ihm zu.

„Ich habe mir das Video ein paar Mal angesehen. Ihr wisst schon, das Letzte mit dem Überfall auf den Hofladen. Dort hat der Täter zum Hofbesitzer gesagt, ich zitiere: *Wenn die Bullen es nicht schaffen, dich für eine Straftat, die du nie begangen hast, zu verhaften, dann muss ich es halt selbst in die Hand nehmen.*"

Er machte eine Pause und folgerte: „Der Rübensaft wurde von Martin hergestellt und verkauft. Wenn ihr mich fragt, dann wollte Helmut Stange die Tat dem Bruder des Toten in die Schuhe schieben."

„Genau, Du hast Recht. Jetzt erinnere ich mich wieder an die Untersuchung der Wohnung von Rainer", begann Edmund zu erläutern.

„Der Eimer stand in der Küche im Schrank und die Tür war nur angelehnt. Der Täter wollte, dass wir ihn dort finden und Achim Bär meinte noch, dass wir sehr schnell viele Beweise gefunden hätten. Welcher Täter lässt denn schon den Beweis in der Wohnung. Wir sind voll in die Falle getappt und hätten um ein Haar den falschen Mann verhaftet."

„Ach übrigens, wir haben den Wagen von Rainer in einer Nebenstraße von Holtensen gefunden, ebenfalls mit Sirup auf der Rückbank", ergänzte Stefan Hetzig.

„Der Vermieter hat ihn heute um 17:30 Uhr bei einem Spaziergang entdeckt. Der Wagen wurde sofort beschlagnahmt und versiegelt. Sorry, hatte ich vergessen zu erwähnen, aber ihr wart ja bis eben voll im Einsatz."

„Ist schon okay, Stefan", äußerte sich Heinrich und streckte den Daumen hoch.

„Aber wie seid ihr denn auf die Zuckerrübenfabrik gekommen?", wollte nun Stefan wissen.

Edmund zog den Bericht von Frau Treucke aus der Akte und las es für alle laut vor.

„Helmut Stange wurde am 14.09.1968 in Ronnenberg geboren. Er wurde im März 1969 von Dieter und Helga Stange adoptiert. Sein richtiger Name lautet: Alexander Pankow. Er ist der leibliche Sohn von Mischa Pankow gewesen. Seine Ehefrau verstarb bei seiner Geburt und Mischa selbst wurde nachträglich wegen Selbstmord unehrenhaft entlassen. Er war in der Zuckerrübenfabrik tätig. Sein Vorarbeiter, Nachbar und Taufpate war damals Dieter Stange."

„Das klingt schon mal stimmig, aber wieso wurde dann der Vorname in Helmut geändert?", entgegnete Heinrich.

Achim Bär trat völlig außer Atem ins Büro ein: „Entschuldigung für die Verspätung, aber ich habe einen Hammer für Euch."

„Schön, dass Du da bist, aber bitte noch einen Augenblick Geduld", forderte Edmund und hob als Geste die Hände und wandte sich an die Archivarin.

„Frau Treucke, darf ich fragen, ob Sie noch mehr am PC herausgefunden haben?"

„Ja, habe ich. Ich mache alle darauf aufmerksam, dass das, was ich jetzt erzähle, unter absolute Geheimhaltung fällt."

Alle waren gespannt auf die Auswertung und nach anfänglichem Getuschel, war es nun mucksmäuschenstill.

„Ich habe den Namen Mischa Pankow noch einmal durch die Datenbank laufen lassen. Es gab einen versteckten Eintrag. Beim Bundesnachrichtendienst. Laut Eintrag in deren Datenbank konnte ich ermitteln, dass Mischa Pankow keinen Selbstmord begangen hat. Er war ein Doppelagent und ist von Agent O. P., der für den BND gearbeitet hatte, am 13.10.1968 ermordet worden. Der Selbstmord war Vertuschung der Tötung durch den Geheimagenten…", sie machte eine kleine Pause und erklärte weiter, „Agent Pflug, Oskar Pflug. Er ist der leibliche Vater von Rainer und Martin."

Ein Raunen ging durch das Büro und Michael meinte, nachdem er im Notizbuch geblättert hatte: „Und laut des Berichtes von Juliane Moder, wurde Rainer Pflug am 13.10.2018 ermordet. Genau 50 Jahre später."

Edmund folgerte: „Dann war es also doch Rache."

„Nicht ganz so, wie Sie es vermuten", äußerte sich Melanie weiter.

„Denn was Alexander Pankow alias Helmut Stange nicht wusste, ist die Tatsache, dass auch Oskar Pflug auf nebulöse Weise bei einem Autounfall ums Leben kam. Er fuhr durch die Schranke in Wennigsen und sein Wagen wurde durch einen nahenden Zug vollkommen zermalmt. Alkohol war im Spiel. Aber der BND hat herausgefunden, dass ein gewisser Vladimir, ein KGB-Agent, am späten Abend des 27.02.1969 am Bahnhof in Hannover entdeckt wurde und eine Fahrkarte nach Frankfurt/Oder kaufte. Der BND nimmt an, dass er Oskar getötet hat und es anschließend wie einen Verkehrsunfall hat aussehen lassen. Aber so wurde es nie offiziell veröffentlicht. In der Zeitung stand nur, dass Oskar Pflug einen über den Durst getrunken hatte. Doch laut Bericht der Pathologie wurde damals bei dem verstümmelten Körper ein Wert von 2,1 Promille festgestellt, beziehungsweise ermittelt. Und bei der Untersuchung seiner Tankstelle wurden zwei leere Flaschen Wodka gefunden. Sechs Monate später wurden dann die Zwillinge in Gehrden geboren, ohne jemals ihren leiblichen Vater gesehen zu haben. Tragisch, nicht wahr?"

Achim Bär zog nun einen Brief aus der Jacke und bat erneut um Ruhe. Er las einige Teile aus dem Brief vor, die die Ausführungen von Melanie sogar noch untermauerten.

„Wir haben den Brief in einem Versteck der Wohnung von Dieter Stange gefunden. Eine Geheimtür, die zu einem kleinen Raum ohne Fenster führt. Zeitungsausschnitte hingen an der Wand aus der damaligen Zeit. Der Kanister mit dem Gift E605, eine Holzkiste mit zwei zerbrochenen Stangen Dynamit und Tabletten, vermutlich Zyankali, Analyse kommt später. Die Waffe aus dem Transporter ist eine 9mm Pistole, die Projektile werden noch überprüft. Ich gehe aber davon aus, dass Rainer damit erschossen wurde. An der Kleidung von Rainer wurden unterschiedliche DNA-Spuren gefunden, von ihm selbst und von Helmut Stange, also Alexander Pankow."

Achim beendete seine Ausführungen, da draußen die Leiche aus der Zelle abtransportiert wurde.

Edmund wartete noch ein paar Sekunden und startete sein Resümee.

„Also ist Rainer Pflug aus Rache getötet worden, obwohl der eigentliche Täter schon vor 50 Jahren *gerächt* worden war."

Andrea meldete sich nun ebenfalls zu Wort und merkte an: „Ich denke auch, dass es Rache war, weil sein leiblicher Vater unehrenhaft entlassen wurde. Deshalb hat der Mistkerl auch die Fabrik platt gemacht. Und ich könnte mir vorstellen, dass er sich nach dem lauten Knall, der bestimmt bis hierher zu hören war, selbst umgebracht hat. Nur gut, dass er den Bruder im Hofladen nicht getroffen hat."

Edmund riss die Augen auf und schaute sie fragend an.

„Aber eines will mir nicht in den Kopf. Wieso warst Du in dem Laden? Woher kanntest Du den Namen vom Hofbesitzer?"

Andrea bekam einen roten Kopf und sprach: „Nun, eh, ich habe den Namen auf der Dose gesehen, als diese noch beim Opfer in der Küche stand", erfand sie und nun bekam Melanie einen roten Kopf.

Edmund schaute beide abwechselnd an, ohne ein Wort zu sagen. Aber er ahnte, dass die beiden Mädels sich ausgetauscht hatten.

Heinrich versuchte die Situation zu retten: „Wo ist eigentlich Juliane Moder?"

Edmund erläuterte: „Keine Ahnung, ich habe sie auch nicht angerufen, da ja keine medizinischen Dinge mehr nötig waren. Alle Daten, die wir zur Klärung brauchten, haben wir von Frau Treucke erfahren, um den Fall ohne große Verluste zu beenden. Und ganz ehrlich, das war eine Topleistung von ihr und genauso jemanden brauchen wir hier."

„Genau!", bestätigte Andre mit einem breiten Grinsen, noch bevor Melanie sagen konnte: „Danke, Herr Hauptkommissar."

„So, das war es fürs Erste. Vielen Dank für ihren Einsatz und nun ist Feierabend für die Mitarbeiter, die jetzt keine Schicht mehr haben. Heinrich, kannst Du fahren?"

Heinrich nickte und Edmund befahl: „Dann bring bitte Andrea nach Hause."

„Nein, nicht nötig, ich will so schnell wie möglich zu Jens. Kann er mich wenigstens zu meinem Flitzer fahren?"

„Klar, mache ich gern", antwortete Heinrich verlegen.

Nach einer viertel Stunde parkte Heinrich hinter dem Kleinwagen von Andrea.

„Geht es Dir gut, Andrea? Können wir reden?"

„Ja, aber mach schnell, Jens wartet bestimmt schon. Was macht Dein Kopf?"

„Er brummt noch ein wenig, aber das geht vorbei. Viel schlimmer ist, dass ich heute Höllenqualen erleiden musste, als ich Dich nicht finden konnte und mit ansehen musste, wie die Gebäude zusammenfielen. Ich glaube, nein ich weiß jetzt, dass ich Dich immer noch sehr mag."

Andrea nahm seine Hand und entgegnete mitleidig: „Ich weiß, aber ich habe mich für Jens entschieden."

„Keine Chance mehr für mich?"

„Tut mir leid, Heinrich, gar keine Chance mehr!", war ihre verbindliche Antwort.

Heinrich zog seine Hand zurück: „Na dann, bleibt mir nur übrig, Euch alles Gute zu wünschen. Grüße an Jens und jetzt los, er wartet auf Dich."

„Das tut er bestimmt, ich weiß es", antwortete sie voller Optimismus, beugte sich zu ihm und gab ihm einen leichten Kuss auf seine rechte Wange.

„Danke fürs Fahren, mach's gut."

Heinrich wollte noch etwas sagen, aber er hatte einen Kloß im Hals. Deshalb nickte er ihr nur zu und startete den Wagen.

Andrea stieg aus, hob ihre Hand zum Abschied, als Heinrich gewendet hatte und mit Vollgas beschleunigte. Anschließend fuhr sie mit ihrem Kleinwagen ins Krankenhaus. Zum Glück hatte der Missetäter nicht ihren Schlüssel in ihrer Jackentasche entdeckt oder er hatte ihn bewusst nicht herausgenommen. Er hatte bestimmt gedacht, dass sie diesen sowieso nie mehr braucht.

Eine halbe Stunde später trat sie leise ins Krankenzimmer der MHH. Jens war wach und strahlte sie an.

„Schön Dich zu sehen."

„Du kannst Dir gar nicht vorstellen, wie es mir geht. Ich *darf* Dich sehen, umarmen und vor allem küssen."

„Moment, ich stehe auf. Ich habe Dich schon verm...."

Weiter kam er nicht, denn Andrea trat eilig an ihn heran, beugte sich zu ihm und küsste Jens leidenschaftlich.

„Hm, schmeckt ... nach ...mehr!", meinte er, während Andrea ihn ungeniert weiter mit Küssen übersäte.

Trotzdem versuchte er sich aus dem Bett zu erheben, um sie richtig umarmen zu können, als er plötzlich bittersüßes Wasser schmeckte. Andrea weinte und als sie es selbst bemerkte, löste sie sich von Jens und wischte sich die Tränen von den Wangen.

Jetzt konnte sich Jens endlich richtig erheben und als er vor ihr stand, versuchte er ganz behutsam zu erkunden: „Was hast Du? Du warst sehr lange weg und ich konnte Dich nicht erreichen. Es kam mir wie eine Ewigkeit vor."

Nun heulte Andrea wie ein Schlosshund los und ihr ganzer Körper fing an zu zittern. Jens umklammerte sie stärker und ließ sie mit weiteren Fragen in Ruhe. Nach zwei Minuten war das Zittern vorbei.

„Entschuldige, aber das Wort „Ewigkeit" löste bei mir diese Reaktion aus. Ich liebe Dich und möchte Dich nie wieder verlieren!"

Jens stutzte, schaute sie danach liebevoll an, als nun seine Augen glasig wurden.

„Genau diesen Satz hatte ich gestern Morgen im Bett zu Dir gesagt, erinnerst Du Dich?"

„Ja, ich weiß, aber damit Du verstehst, warum ich es sage, erzähle ich Dir erstmal von meinem Tag, denn er hätte für mich in der Ewigkeit enden können."

Jens erschrak und sie setzten sich aufs Bett. Andrea erzählte ihm alles, während er ohne Unterlass ihre Hände streichelte.

Etwa zur gleichen Zeit wachte ihre Freundin Juliane auf, weil die Bettdecke weg war. Mit geschlossenen Augen tastete sie neben sich und konnte einen Zipfel erwischen. Doch als sie daran zog, stöhnte Lorenzo auf und sprach verärgert noch im Halbschlaf: „He, nicht ziehen, sonst wird mir kalt!"

Juliane rutschte an ihn heran und kuschelte sich an seinen Rücken: „Und mir ist schon kalt, mein Brummbär."

Nun war auch Lorenzo praktisch wach, drehte sich um und umarmte sie liebevoll.

„Dann muss ich dich wohl anwärmen, Frau Doktor."

„Ja, bitte?"

„Wie spät ist es denn?"

Juliane hob ihren Kopf, um an Lorenzo vorbei auf den Wecker zu sehen: „Fünf vor zwölf Uhr."

„Ich muss erst um sieben Uhr auf der Arbeit sein, also können wir noch ein bisschen schlafen."

„Nebeneinander oder lieber miteinander?", hauchte sie zärtlich in sein Ohr.

Nun war Lorenzo hellwach und küsste sie sanft auf ihren Hals. Sie bekam eine Gänsehaut und stöhnte leise auf: „Mach weiter."

Das wilde Treiben begann und Lorenzo verpasste Juliane eine Gänsehaut nach der anderen. Eine Decke brauchten die beiden nun nicht mehr. Völlig erschöpft fielen sie beide nach einer halben Stunde, schweratmend in ihre Kopfkissen zurück und zogen sich jetzt die Decke heran. Lorenzo rutschte dichter an Juliane heran.

„Was meinst Du Juliane, könnte daraus mehr werden als nur eine Nacht?"

„Von meiner Seite ja. Wieso fragst Du?"

„Ich habe bisher einige Enttäuschungen erlebt, deshalb konnte ich gestern auch nicht bleiben."

„Wie gesagt, von meiner Seite ein deutliches ‚Ja'. Ich bin so froh, dass ich Dich in meinem Büro fest an mich drücken durfte."

„Das kannst Du jetzt häufiger haben."

„Das hoffe ich. Aber nun lass uns schlafen, dein Wecker klingelt morgen um fünf Uhr. Gute Nacht mein Brummbär."

„Schlaf gut und träum was Schönes."

„Bestimmt!"

Kap.24: Mittwoch, 31.10.2018, 09:10 Uhr

Endlich ein Feiertag. Andrea und Jens brauchten beide nicht zu arbeiten. Sie saßen am Küchentisch und genossen ihre Zweisamkeit beim Frühstück. Jens wurde am Freitag nach der Zerstörung der Zuckerrübenfabrik aus dem Krankenhaus entlassen, aber noch eine weitere Woche krankgeschrieben. Insofern war es schön, nach zwei Arbeitstagen wieder frei zu haben. Sie besprachen ihre heutigen Aktivitäten.

„Juli und Lorenzo wollten doch um halb zehn hier sein, oder?", erkundigte sie sich.

„Keine Angst, sie werden schon kommen. Noch haben wir ein paar Minuten für uns. Bist Du satt?"

„Ja, danke, wir können abräumen, sonst platze ich."

Schnell war der Tisch aufgeräumt und abgewischt. Jens beeilte sich und ging anschließend noch mal kurz ins Schlafzimmer. Andrea ging ins Bad, schaute in den Spiegel und zog ihre Lippen nach, als Jens aus der Küche rief: „Andrea, kannst Du mal bitte in die Küche kommen?"

„Moment. Mache mich noch für den Ausflug hübsch."

Sie wollten alle in den Zoo fahren und einen gemeinsamen schönen Feiertag erleben.

Nichts ahnend kam sie in die Küche und staunte. Eine Flasche roter Sekt und ein kleines Blümchen zierte den sonst leeren Tisch. Jens stand neben dem Tisch und erklärte ihr: „Andrea, ich hatte bis jetzt eigentlich noch nie richtig Zeit, mich bei Dir zu bedanken. Und im Krankenhaus hast Du mir gesagt, dass ich Dir noch eine Antwort schuldig sei. Stimmt doch, oder?"

„Ja, aber woher weißt Du das? Du hast doch geschlafen."

„Irgendwie habe ich es durch eine Art Nebelwand gehört. Ich liebe Dich und möchte Dich nie wieder verlieren! Deshalb habe ich ein kleines Geschenk für Dich", reichte ihr das quadratische Präsent und kippte es mit den Worten auf, „und ich möchte Dich fragen, ob Du meine Frau werden willst?"

„Ja, ich will und könnte mir nichts Besseres vorstellen", bekräftigte sie ihre Aussage. Anschließend fiel sie ihm lachend um den Hals. Sie küssten sich herzlich. Es dauerte über eine Minute, bis sie sich wieder trennten.

„Aber sage mir, wieso denn gerade heute, wo wir doch in den Zoo wollen?", und bestaunte nebenbei ihr Verlobungsgeschenk. Ein Ring mit einem kleinen Brillanten glitzerte ihr entgegen und ein zweiter ohne Stein steckte daneben für Jens. Er nahm ihren Ring heraus und steckte ihn Andrea an den linken Ringfinger. Sie tat gleiches mit seinem Ring.

„Der passt ja genau!", strahlte sie ihm entgegen.

„Och, ich hatte da ein *bisschen* Unterstützung. Aber nun mache ich erstmal den Sekt für uns auf."

„Und ich hole die Sektschalen."

Als sie ihre Verlobung mit dem kühlen Sekt und weiteren Küssen besiegelt hatten, klingelte es an der Wohnungstür. Andrea schaute auf ihre Uhr und meinte: „Typisch Juli, ist wieder pünktlich auf die Sekunde. Ich mache die Tür auf und Du kannst ja noch zwei weitere Gläser holen."

„Ja, ist gut."

Sie öffnete die Tür und Juliane und Lorenzo begrüßten sie mit einem Blumenstrauß sowie noch mehr Sekt und gratulierten gemeinsam sprechend: „Herzlichen Glückwunsch zu Eurer Verlobung!"

Jens war inzwischen bei Andrea an der Tür angekommen und erfasste ihre Hand.

„Hallo ihr Beiden. Vielen Dank. Schön, dass Ihr da seid. Kommt doch rein. Ich habe Euch schon erwartet."

Andrea war erstaunt, dass es Jens geschafft hatte, sie so herrlich zu überraschen. Es wurde als Erstes der Ring bestaunt, dann getrunken und gelacht. Um 10:30 Uhr befragte Andrea ihren Verlobten: „Wann wollen wir denn in den Zoo?"

„Geht sofort los!"

Doch Juliane meinte: „Einen Augenblick brauche ich aber noch, um mein Glas zu leeren. Wer fährt denn heute überhaupt?"

Bevor Jens antworten konnte, klingelte es erneut an der Tür und Jens grübelte: „Wer ist denn das jetzt schon wieder, komm wir gehen gemeinsam öffnen, ich ahne da was."

Diesmal öffnete Jens die Tür, während Andrea seine Hand fest umschlossen hielt. Es ertönte: „Überraschung und alles Gute für Euch! Süßes oder Saures!"

Alle Kollegen traten einzeln herein und schüttelten ihnen die Hände. Als Letztes trat Andre, dicht gefolgt von Melanie ein. Er trug eine weitere Kiste mit Getränken an ihnen vorbei. Andrea äußerte daraufhin zu Jens: „Das haben bestimmt Juliane und Lorenzo arrangiert, um uns beide zu überraschen."

„Das ist echt super! Der Zoo kann warten. Aber unsere Verlobungsfeier an Halloween, ist und wird bestimmt *einmalig*."

Sie küssten sich und gingen Hand in Hand zu ihren Gästen ins Wohnzimmer.

ENDE

Dieser Roman ist ein Produkt meiner eigenen Fantasie. Jegliche Ähnlichkeit mit realen Personen – lebenden oder toten – und Geschehnissen wäre reiner Zufall. Die örtlichen Gegebenheiten entsprechen ungefähr den tatsächlichen Gegebenheiten, doch ich habe mir die Freiheit genommen, von der Realität ab und zu ein bisschen abzuweichen.

Danksagung:

Vielen Dank all denjenigen, die mir immer wieder Mut gemacht haben, dieses Buch zu veröffentlichen. Hier in alphabetischer Reihenfolge:

A.: Sie hat mich immer animiert weiter zu schreiben.

C.: Danke für deine Korrekturen.

J.: Ein Fotonachmittag an der Fabrik, danke.

R.: Vielen Dank für die Briefe.

St.: Danke für deine aufmunternden Worte.

Ein ganz besonderer Dank geht an meine Familie, die in der Zeit des Schreibens und der eigenen Veröffentlichungsarbeit, nicht immer die volle Aufmerksamkeit von mir erhielt.

Quellen:

1968 oder 1969

https://chroniknet.de/extra/ereignisse/oktober-1968/
https://chroniknet.de/extra/ereignisse/februar-1969/

E605:

https://de.wikipedia.org/wiki/Parathion
https://www.lto.de/recht/feuilleton/f/xxx-xxx/

Rehrenborn:

https://de.wikipedia.org/wiki/Rehrenborn

Rübenroder:

https://de.wikipedia.org/wiki/R%C3%BCbenroder

Zuckerrübe:

https://de.wikipedia.org/wiki/Zuckerr%C3%BCbe

Meine Internetseite: www.domnik-spencer.de